Glæden ved at stå nøgen

Forfatterlinjen Bjerget Efterskole

Om at stå nøgen

Det at stå nøgen er følelsen af noget grænseoverskridende og til tider ubehageligt. Noget der kræver en stor beslutning, fordi det at blotte sig i overført betydning handler om at turde at stå frem med et resultat.

Det at stå nøgen indeholder fornemmelsen af usikkerheden over at vise sine ømme punkter frem og få respons på det. Hvad enten du får ris eller ros, ved du, at det er dig, der er modtageren, og du har intet du kan skjule dig bag. En følelse der godt kan virke skræmmende.

Når du endelig tør "smide tøjet" og lukke op for dig selv, er det dér, du for alvor bryder ud af din skal. Her er du sårbar men også mest kreativ og i udvikling, fordi du kan føle suset. Det er her, du mærker glæden!

Det at stå nøgen handler om at tage en chance, også selvom udfaldet måske ikke bliver som du håber, for tænk nu hvis det umulige sker; og alt det du før knap nok turde drømme om bliver til virkelighed.

"Smid tøjet" og mærk glæden, ved at stå nøgen.

Forfattere
Forfatterlinjen Bjerget Efterskole 2015

Illustration
Kirstine Dybdal

Redigering
Niels Christian Nielsen
Maja Feilan Barslev
Jens Feilan Barslev

Forlag
Books on Demand GmbH, København, Danmark
Tryk
Books on Demand GmbH, Norderstedt, Tyskland

ISBN: 9788771702200

Indholdsfortegnelse

.

Hvem er han?

Line Thoft Brændø

December d . 5. lørdag kl. 20:30

Jeg sidder alene hjemme i sofaen foran fjernsynet, og jeg har ingenting at give mig til. Min mor og hendes kæreste er til noget juletamtam. Det er åbenbart ikke for børn, det er garanteret noget med en stripper eller noget. Mine veninder fester og drikker med alle deres underlige venner. Jeg er blevet tilbudt et par gange, men de har næsten helt opgivet at spørge mig, med alle de afvisninger der er kommet fra min side af.

Jeg sidder i stuen med min iPad, fjernsynet er tændt, uden egentlig en nyttig grund, men bare så der er liv i huset. Jeg klikker ind på "appstore", mine øjne bliver fanget af en slags dating app for unge, ikke kun hvor man kan skrive med de mennesker der er i landet, men forskellige mennesker i hele verden.

Det lyder spændende tænker jeg, og kører min hånd forventningsfuldt over skærmen og stopper ved "hent app".

Inde på profilen har jeg skrevet lidt om mig selv. Jeg får pludselig en stor trang til søde sager. Jeg går ud i

7

køkkenet, og kigger meget nysgerrigt, i alle vores skuffer og finder tilfældigvis en plade Marabou. Jeg hører en bimlende lyd, det er inde fra stuen, iPaden lyser op. Det er en besked fra datingappen.

"Michael har checket dig ud" står der på skærmen, det ser umiddelbart ikke ud til at han er dansker, han er lidt mørk i huden, og han ser bestemt ikke tosset ud. Jeg får faktisk lidt sommerfugle i maven. Idet jeg er inde og checke ham ud, får jeg pludselig en besked fra ham. "Hey" skriver han. Jeg svarer ham tilbage med et "Hey" igen, og mit hjerte banker hurtigere end det gjorde før.

Vores flirtende samtale varer hele aften. Klokken to om natten falder jeg i søvn med en sjov fornemmelse i maven og smiler over hele ansigtet.

Søndag kl. 10:12

Jeg vågner og har stadig det største smil hængende fast til mit ansigt, jeg har bestemt ikke glemt, hvad der skete i går aftes.

Det pusler uden for min værelsesdør, idet døren pludselig går op, står min mor i dørkarmen med en bakke morgenmad. "Godmorgen skat, havde du en god aften?, Har du haft en sød fyr på besøg, siden du smiler over hele ansigtet?" siger hun og ser meget nysgerrig ud. "Godmorgen mor, jo tak det var en alle tiders aften" svarer jeg igen, og svarer det sidste spørgsmål med et smil. Jeg synes det er akavet at snakke med min mor om drenge og den slags.

Der går dage, uger og måneder, vi har snakket sammen i lang tid nu, vi snakker om at mødes. Han har tit skrevet, at han vil komme til Danmark snart. Han nævner det hver gang vi skriver sammen. Men det er som om, det er noget, han bare skriver for at holde flirten i længere tid.

Torsdag kl 08:30

Jeg sidder i klassen, mine tanker løber rundt i hovedet imens læreren står og forklarer os hvad opgaven vi skal lave går ud på. Jeg går i gang med opgaven, da jeg pludselig bliver afbrudt af en "pling" lyd, som kommer fra min taske. Jeg kan mærke opmærksomheden fra klassen på mig.

Jeg kan se, læreren vender mod tavlen, jeg tjekker, om der er nogen, der lægger mærke til mig. Jeg kigger meget diskret ned på tasken, imens jeg bevæger min overkrop meget langsomt og ubemærket ned efter min taske og fisker iPaden op. Det er en besked fra Michael, ham fra dating appen. Han skriver, at han savner mig, jeg smiler over hele ansigtet, jeg er helt ude af mig selv." Celina! Følg med!" kommer det fra vores lærer Berit. Jeg kan høre Michelle fnise til sin sidekammerat oppe foran, de kigger begge tilbage på mig og ser meget luskede ud.

Min sidekammerat Emilie, som også er min rigtig gode veninde skubber lidt til mig og smiler, på en måde som om at det nok skal gå alt sammen. Hun betyder rigtig meget for mig, Emilie har været min veninde lige siden altid. Hun har altid hjulpet mig gennem svære situationer. Såsom hjertesorger og problemer med familien.

Café Obelix kl. 16.33

Tjeneren kommer smilende hen med vores drinks og med nogle snacks til os. "Værsgo" smiler han og vender sig om for at gå. Han kigger en ekstra gang på mig, med et meget undrende blik, men jeg tænker ikke mere over det.

Emilie bliver rød i hovedet, hendes øjne kigger forvirrede rundt. Hun skubber sit glas til side og læner sig hen over bordet "Ej han er altså lidt lækker ham der, hvorfor kiggede han egentlig sådan på dig?" hvisker hun til mig. Jeg drejer hovedet mod ham. "Han er vel okay, men jeg ved ikke hvorfor han kiggede sådan på mig" hvisker jeg. "Apropos fyre så har jeg et lille crush på en fra Spanien. Hun kigger skarpt på mig, og udbryder: "HVAD?" Hun siger det nærmest lidt for højt, der bliver helt stille, alle på caféen retter straks deres opmærksomhed på os. Jeg kan mærke rødmen, og varmen oppe i mit hoved. Jeg lægger mærke til, at tjeneren står bag disken og smiler over hele ansigtet.

Folk på caféen begynder lige så stille at fokusere på det, de var i gang med før. "Fra Spanien Celina?" siger hun i lidt lavere lydniveau. "Ja, det er da ikke så mærkeligt, er det det?" hvisker jeg tilbage med en let hvæsen. Hun kigger meget forvirret på mig "Jo jamen, nej det er da ikke så mærkeligt.., må jeg se ham så?" Jeg hiver iPaden frem og finder lynhurtigt et billede af ham. "Han ser godt ud, men Celina? Tror du virkelig at det er ham, der er på billedet?" "Ja da! Hvorfor skulle

10

det ikke være det, og hvem skulle det ellers være? Julemanden?" "Ja altså, måske en gammel mand der ikke har noget liv". Jeg smiler: "Men vi har tænkt os at mødes her i Danmark" Emilie vender det hvide ud af øjnene, som om jeg er fuldstændig komplet idiot, men på samme tid ser hun meget anspændt ud.

Hun begynder at bide negle, og jeg ved, at når hun begynder at bide negle, er det fordi, hun er meget nervøs. "Jeg har faktisk spurgt en del gange, om han har lyst til at Skype. men han har altid dårlige undskyldninger for ikke at snakke" siger jeg. Hun kigger rundt i lokalet "nå jamen hvornår skal I så mødes?"
"Ja efter hvad han har planlagt, så vil han komme her en gang i næste uge"

Vi bliver afbrudt af min telefon, min mor ringer for at sige, at der er mad om en time. Vi bevæger os langsomt ud af caféen og går hver vores retning. "Jamen hils ham da så" råber hun tilbage.

Derhjemme kl 18:50

Jeg sidder hjemme længe, og spekulere over hvad Emilie egentlig sagde til mig, mon det kan være rigtigt, det hun siger, at det er en ældre, overvægtig, klam stodder, som ikke har noget liv, der sidder og udgiver sig for at være en helt anden person, end hvad han i virkeligheden er?.

Michael: "Jeg savner dig så utrolig meget skat". Det virker helt mærkeligt, at han skriver skat, hvorfor egentlig?. Vi har aldrig set hinanden, jeg er begyndt at synes, det er lidt kunstigt det her lang distance forhold, som vi nu har kørende.

"Har du ikke lyst at snakke på Skype her i aften?" spørger jeg igen for sidste gang. Jeg kan se at han er ved at skrive. Igen kommer han nok med en dum undskyldning. Idet jeg tænker det, svare han pludselig: "Jeg er kommet til Danmark, skal vi mødes?" sendt fra Kastrup Lufthavn står der under hans besked. Jeg begynder at ryste, er det mon virkelig ham?

Vi aftaler at mødes på Hotel Hilton, kl. 20:00 i aften. Hvad skal jeg sige til min mor? Hvad vil hun ikke tænke?

Klokken nærmer sig otte "Jeg tager lige hen til Emilie, og laver lektier mor" Hun svarer ikke med det samme. "Så sent?" råber hun tilbage. "Vi ses bare, ikke mor". Jeg bor heldigvis tæt på Kastrup, så jeg har ikke så langt. Jeg er på vej mod Kastrup, hotellet nærmer sig mere og mere. På vej derhen tænker jeg utrolig meget på det, Emilie sagde tidligere i dag, kan det virkelig være en gammel mand? Eller måske pigerne henne i klassen, de så meget luskede ud, niks det kan da ikke passe at det er dem, men måske de vil lave en prank på mig. Tjeneren tidligere i dag så ellers også så undrende på mig, hvorfor egentlig? Måske Emilie selv? Ej overhovedet ikke, men hun så jo meget forvirret ud? Det kan da kun være ham selv Michael fra Spanien ikke? Jeg vidste jo slet ikke, at han ville komme i dag! Drømmer jeg? Nej det gør jeg ikke, jeg er på vej til et hotel for at møde en helt fremmed person fra Spanien, jeg aldrig har snakket med eller set i virkeligheden. Hvem er han mon? Eller hun for den sags skyld? Pludselig stopper mine ben med at bevæge sig, det føles som om jeg ikke kan gå længere. Det løber koldt ned af ryggen på mig. Hvad har jeg gang i? Modgående folk støder ind i mig som en stødepude, mens jeg stadig står stille. Jeg vender mig om og går med i deres retning.

Livsvagten

Kirstine Dybdal

Så dig på gaden, under uret her igår.
Du lignede herren af alt her.
Men det er du jo ikke?
Du er her bare...
Tjener på at holde vejret,
puste ud igen når ingen ser dig.
Holde vejret,
puste ud,
holde vejret.
Aldrig svaje det mindste i vinden,
af utilfredse hyl fra ivrige mænd og kvinder.
Bare ét minut mere til at hvirvle rundt.
Forvirrede,
Stressede,
Indoktrinerede.
Som livets Gud nu har skabt vores,
hinandens tilstedeværelse.
Ét millisekund yderligere til at forstå,
forsøde og formulere skyernes fagter bag ruden,
græssets underkastende dans i blæsten,
røstens vage og milde barmhjertighed.
Når vi endelig står stille og kan smage iltens svidende,
friske mæthed.
Det øjeblik der kan få os til at forstå,

hvilke af Verdens sandkorn vi burde fordybe os i og
hvilke at lade ligge,
for vinden at støve væk fra vores åsyn,
skamferet af gåder, forståelser.
Alle de måder vi har forsøgt at kue selve livet med.
Uden nogensinde bare at leve.
Se ting for hvad de er og indeholder,
udfolde sig i uendelige og mageløse begreber,
rive sømmene ud af menneskets rammer og udforske.
Hvorfor dog prøve på at determinere hvordan Verden
fungerer,
udforme nye regler,
baseret på vores dybt manglende erfaring og da holde
alle inden for disse fygende sprækker af afmærkning?
Sandet løber ud,
hvis du forsøger at holde det i en snor om din finger og
klokken ringer ikke,
hvis du klamrer dig om dens gyldne overflade.
Så lad Livsuret kime længe endnu,
til den dag det evige håb fordufter.

Som du dog stod der med nøglen raslende hult i din
tykke hånd.
Drej den én tak - et sekund,
en runde - et minut,
eller i uendelige cylindre,
indtil et hul dannes og omkranser der,
hvor nøglen før skulle hvile.
Så lever vi.
Om alle ville kunne forstå den underdaniges taknem-
melighed for livet da,
det ved jeg ikke.
Men lad mig ej stå alene tilbage med tid og sted at be-
vogte,

for alle livets bankende og blødende hjerter.
For jeg er blot mit humanitære jeg og medmenneske-
lighed er end ikke af sekundær mening for os menne-
sker, ironien beruser til det sidste.

Den dag vi formår,
at holde os selv fra spørgsmål og ligninger,
digtet af vores skeletter i et forsøg på at forstå,
den dag vi indser,
at den reneste,
klareste og mest melodiske lyd i vores kosmos,
er træets rustne hvæsen i vinden,
da har vi lært at tælle tidens sekunder.
Da har vi lært at stave ordenes mening.
Nu får vi chancen,
men om vi så tør,
vil tiden vise...
Du må jo kunne holde vejret,
længe nok.

Et år, et liv

Julie Valentin

Engang blev jeg født, man vidste ikke til hvad.
Det skulle jeg så gennem tiden selv finde ud af.

Engang var jeg en lille pige der altid fandt på noget
sjovt.
Jeg fandt ud af at tiden som lille pige aldrig vender til-
bage.

Engang skete der noget som gjorde det hele meget
svært
Jeg lærte dog hurtigt at var man stærk kunne man kla-
re sig

Engang var jeg sammen med de andre og legede med
dem
Men gjorde jeg nu også det? Eller gik jeg bare for mig
selv

Engang var jeg som de andre
Eller var jeg nogensinde det?

Engang var jeg en helt anden person
Men så blev alting anderledes, for altid

Engang var jeg ikke længere den smilende lille pige
Det havde ændret sig med tiden, jeg ændrede mig

Engang gik alting i sort
Jeg orkede ikke mere

Engang lukkede verden sig om mig
Jeg faldt ned i et mørkt dyb af sorg

Engang mistede jeg min forstand.
Jeg tror aldrig jeg fandt den igen

Engang blev jeg til sidst ligeglad med hvad folk tænkte
Jeg havde mine venner resten kunne rende og hoppe

Engang begyndte det hele at se bedre ud
Verden åbnede sig og lyset brød mørket

Engang ændrede alt sig igen.
Jeg fik lov til at starte forfra

Engang fik jeg muligheden for at ændre mit liv
To år til at starte på en frisk og genvinde glæden

En dag vil jeg gøre det
Jeg vil være lykkeligere

En dag vil jeg kigge tilbage på dengang
En dag vil jeg måske have fundet ud af mere
En dag vil jeg måske vide til hvad jeg blev født

Jeg er bagud

JEG
VED IKKE
HVAD JEG SKAL
GØRE AF MIG SELV
HVILKEN VEJ SKAL JEG GÅ
NÅR MINE TANKER ER GLEMT
MIN FORSTAND HOLDER IKKE
TIL ÆNDRINGER DU
KRÆVER AF
MIG

DU
TROR AT
JEG KAN KLARE
ALLE DE TING SOM
DET KRÆVES AT JEG GØR
JEG KAN IKKE FINDE MENINGEN
HVAD SKAL JEG GØRE
FOR AT BEHAGE
AT GLÆDE
DIG

Det værste

Det værste er frygten for andre
Troen på deres modvilje mod en
Ikke at være god nok og ikke føle sig accepteret

Angsten for at fejle
Grinende onde masker
Føle sig truet af dem der blot ikke forstår

Vreden mod den man inderst inde holder så meget af
Den tvinger onde ord over læberne som man slet ikke
mener

Tavst dirrende i mørket af angst
Ingenting at se
Rædslen for selvopfundne uhyre fra skyggerne

Manglende koncentration, evig forglemmelse
At gå rundt og tale uden at se, at være fanget i en tåge
af tvivl
At gå rundt med hængende hoved og føle sig håbløs

Det er afgjort det værste
At føle sig venneløs
At føle sig uelsket
Grædende over ti tusind problemer man ikke kan få
sig selv til at tale højt om
Indelukket hvæsende af dem der blot vil hjælpe
Selvmedlidende opmærksomhedskrævende tilfælde

Det er for mig det værste

20

Det bedste

Det bedste er at mindes
At tænke tilbage på livet den gang
På modervarme og familieånd
Aftensmad der laves sammen i den dampende os fra
gryderne

Duften af en ny start
Syngende spænding i brystet
Af forventning mod det der kommer

Det bedste er følelsen i maven
Den varme hjertebanken
Trygheden og tilliden
Lysten til sjov og alvorlighed samtidig
Forbindelsen til den man holder af
De lange ordløse samtaler om ingenting dog fulde af
tanker
Varme og tryghed blandt familie og venner
Kærlige varme smil fra min hjertenskær
Følelsen af fællesskab
Rolige blide stemmer med hjertebånd af venskab

Det bedste er en god ven
En der altid vil støtte dig hvis du er i problemer
En ven der vil gøre alt for at hjælpe dig
En der kommer med løfter, og også holder dem

Noget så ofte ubemærket, dog synligt hvis du blot kig-
ger efter
Det er det bedste for mig

Sommer og dens forventning

Sommer, en tid som alle kan li'

En tid med varme og venskab deri

Med tid til frihed og tid til leg

Til aktiviteter for dig og for mig

Jeg glæder mig til at den kommer

Den varme danske gyldne sommer

Til grillmad, is og fest ser jeg frem

Jeg håber vejrudsigten ikke blir' slem

En hel uge til Rhodos i Grækenland

En kæmpeflok forlader vi Danmarks land

Straks til Bornholm vi tar' den lange vej

På ferie med farmor, hun skal ikke kede sig

Jeg glæder mig til sommer til alt hvad der skal ske

Alt det jeg skal nå, alt det jeg skal se

Efterårsdigt

En palet af gyldne nuancer

Gulnede blade i bunker for sig

Vinden hvirvler bladene i vejret

Nu er de mørke tider på vej

Træerne bliver nøgne og grå

Står som frosne vinterskulpturer

Jeg ser blot på dagene gå

Venter på forårets andre konturer

Jeg lader mig dog ikke synke

Ned i mørkets og tomhedens grav

Jeg holder på efterårets lykke

Og nyder det sidste i fulde drag

Vinter

I det kolde nord

Hvor nordmænd og elge bor

Snestorm og ski er dagligdag

Gennem sneen i ro og mag

Hyggelig bustur på vej nord på

Og hurtigt afsted for færgen at nå

Vi tæsker derudad gir los alle mand

Vi gør det i hvert fald så godt som vi kan

Og selvom man vælter 57 gange

Vil man straks op igen og stå på "de lange"

Ømme muskler og store blå mærker

Et skistyrt de gamle skader forstærker

For langrend er hårdt det vidste vi ej

Før vi kørte ned ad den isglatte vej

Jimi ud på eventyr igen så det batter

Han morer sig og driver os andre til latter

Aftenunderholdning med skuespil

Masser af grin ja det skal der til

Mærkelig mad og sukkerchok

I slik og i cola vi går amok

Aldrig så godt kakao har smagt

Når vi os som pause i sneen har lagt

24

Romantiske aftener og kærestepar

Efter turen spandende frem vi ta'r

Lidt brok og lidt klag hører man dog

Men det stoppede dog, da vi endelig sov

Lys i mørket bringer glæden frem

men turen tilbage var ikke for nem

Latter, sang og en masse stå på ski

Det var alt det der gav turen værdi

Forår

Tiden trækker med
Varme liv og forårstegn
Vent, så skal du se

Hæng dig ikke kun
I datidens vinterland
Se frem, se forår

Se liv og se lys
Glæd dig for det er begyndt
Forårets magi

The Hart and Huntsman

Viktoria Birkerod Hinke

Vi er på en cafe. The Hart and Huntsman. Sært navn, i starten troede jeg, det var den del af kroppen der blev forelsket, de mente. Efter et par besøg fandt jeg så ud af, det var dyret, caféen er opkaldt efter. Den ligger tyve minutters kørsel fra midtbyen, og jeg ved egentlig ikke hvorfor det skal være lige den, vi er på. Vi har været her et par gange, men han kan ikke lide at kalde dem 'dates'. Han kan lide at snakke, det er derfor vi er her, tror jeg. Endelig spurgte jeg ham, hvad han tænkte. Omkring vores 'ikke-dates'.

Han er den eneste person jeg kan være mig selv over for. Du ved, man siger en pige har en masse forskellige personligheder, der alle sammen afhænger af, hvem hun er sammen med. Og det har jeg også, jeg har mange endda. Men sammen med ham er jeg den ægte mig.

Jeg tog mine essays med, så han kunne læse dem. Han er ufattelig god til at skrive, men det er kun mig, der ved det, har han sagt. Han sidder og læser dem, er helt fordybet, hvis jeg snakkede til ham lige nu, ville han ikke høre mig. Det brune pandehår har løsnet sig fra geléen og hænger skødesløst ned i ansigtet, de rører

27

hans øjenbryn. Jeg er faktisk ret vilde med dem, hans øjenbryn, de har en pæn markering og passer godt til hans kindben. Hans brungrønne øjne kigger op på mig ind i mellem, hans læber bliver til et kækt smil, jeg ved hvor han er kommet til i teksten, jeg ved hvilke steder, han ville gøre det, allerede inden han læser.

Vi mødte hinanden før vi blev født, før vi kom ud af vores mødres maver. Det plejer jeg at sige, når folk spørger, fordi de ser os som to vidt forskellige mennesker, hvor i alverden skulle vi have mødt hinanden. Men så puffer han grinende til mig og fortæller den rigtige historie. Han ved, jeg elsker at leve i en anden verden, mens han er mere realistisk i det.

Ungdomsklubben i byen arrangerede fodbold hver mandag og onsdag aften for unge mellem tretten og nitten år, både drenge og piger. Da vi flyttede hertil, tilmeldte jeg mig med det samme, jeg har spillet fodbold, siden jeg kunne gå. Han var der også, han havde spillet der i et års tid. På det tidspunkt var han femten men næsten lige så høj som min far, jeg var en fjortenårig på 165 centimeter. Første gang tog jeg min trøje med nummeret 10 trykt med hvide bogstaver og matchende grønne shorts, benskinner, strømper og neon gule fodboldstøvler på. En af øvelserne var, at vi skulle deles ind i mindre grupper, han skulle stå på mål i min gruppe. Jeg var en af de sidste i køen af svedige teenagere, og lavede en skrue på bolden, den røg lige ind i nettet. Jeg var den første, det var lykkedes for, og jeg kunne se han blev irriteret, så jeg smilede bare stort til ham – jeg har altid været konkurrencemenneske - , mens jeg vendte mig om for at gå om i køen igen. Da sagde han til mig: "Stump, du glemte din bold!'". Fra det øjeblik vidste jeg, det ikke var det sidste, jeg havde hørt fra ham.

Dagen efter startede jeg i en af de lokale folkeskoler, jeg fik nye venner og veninder, men på en eller anden måde var det altid mandag og onsdag jeg længtes efter. Ikke fredag eller lørdag som de andre, men mandag og onsdag aften. Fodbold gav mig et kick jeg ikke kunne få fra noget andet, det gav mig fokus på bolden og spillet, taktikken pulsede rundt i mit blod de aftener klokken 18.30. Vi begyndte at snakke lidt mere sammen, han følte sig connected til mig, det har han i hvert fald sagt til mig senere. Det er et ord, de bruger i kærlighedsbøger.

Første gang vi havde en rigtig samtale var fire uger senere. Jeg stod ved min cykel efter sidste øvelse på vej til at tage hjem og rodede i min hummeltaske for at finde nøglen til låsen. Twistet her lå i, at jeg havde glemt min nøgle derhjemme. Jeg hævede mit hoved og kiggede mig omkring, tørrede mig over panden med bagsiden af min hånd. Han kom gående mod mig, eller faktisk mod cyklerne. Han kørte en hånd igennem håret, rettede på hans skuldertaske. Jeg vidste ikke, hvordan jeg skulle opføre mig, som om jeg ikke stod og ventede på ham, hvilket jeg jo ikke gjorde. Skulle jeg gå og så hente min cykel i morgen? "Hvorfor står du her?", lød det fra ham, da han var kommet op på cyklen. "Hvorfor spørger du?" ville jeg vide. "Hvorfor svarer du ikke?", kom han igen. Jeg kiggede på ham, kiggede ham lige i øjnene, hvem har givet dig de øjne der og sagt, du var velkommen til at beholde dem, for hvis jeg havde dem i første omgang, ville jeg nødig af med dem.

Det var alt for tidligt, og jeg vidste det ikke var forelskelse eller noget, men jeg kunne virkelig godt lide ham. Og jeg var ikke meget for at indrømme min nøgle lå derhjemme, indrømme et "nederlag", men jeg var nødt til at sige det. Han smilede, så jeg kunne se hans tænder, de var lidt skæve, han var nok ikke en af dem der havde haft bøjle på som lille, og sagde så: "Hop bagpå cyklen så". Jeg kiggede lidt forbavset på ham, men parerede ordre og placerede mig på det kolde aluminium. Han cyklede ret dårligt, men til hans forsvar skyldtes den elendige kørsel nok mere min vægt end hans evner. Vi havde det sjovt på vej hjem, og lavede sjov med hinandens fodboldspil- og færdigheder. Han undskyldte for første gang, jeg havde været til træning, at han kaldte mig Stump. Jeg sagde, at det ikke gjorde noget.

I starten af turen havde han spurgt, hvor jeg boede, men han skulle ikke få æren af at sige til nogen, at han havde "fulgt mig til døren", så jeg sagde bare, at han kunne smide mig af, der hvor Fuglsangs Allé startede. Så ville jeg gå resten af vejen selv.

"Hvad giver du til én, hvis du skal vise, at du elsker personen?", spørger jeg, mens han stadig læser. Det virker, som om det kommer ud af det blå, for han rynker panden, men jeg har tænkt over det i noget tid, for hvis situationen skulle opstå, er jeg selv blank for idéer på det område. Han bruger et par sekunder på at se tænksom ud – jeg hader når han gør det, for det er der, han ser bedst ud - hvorefter han svarer, at selvom nogle behøver roser og diamanter som bevis på kærlighed til dem, vil han ikke give det. For ifølge ham kan ægte kærlighed ikke købes for penge. Jeg tænker, at den da godt kan skubbes på vej af materialistiske goder, men jeg siger det ikke højt. Han sætter sig bedre til rette i stolen, lader sig glide længere ned i den og går i gang med at læse igen. Mine ben under bordet, med vores nu kolde kaffe, bevæger sig rastløst, mine tæer bevæger sig i skoen og mine ben finder konstant nye stillinger at være på. Benene over kors, så den anden vej, med anklerne viklet omkring stolebenene, jeg har mange eksempler. Jeg har ikke spillet bold i et par dage nu, og det kan mærkes. På et tidspunkt kigger han op fra papiret, smilende beder han mig lade være at rumstere under bordet. Stort smilende ser jeg tilbage på ham og kigger ham i øjnene.

"Vi to, vi bliver aldrig rigtig voksne. Vi lader kun som om i samvær med andre", siger jeg. Rød sodavand har altid været min favorit-drik, men på gymnasiet er der flere, der er begyndt at kigge skævt til mig, fordi jeg har det med så tit. Så jeg er begyndt at skære ned på mit forbrug, selvom jeg indimellem tænker for mig selv, at jeg er statsminister i mit eget land hvor alle de seje drikker hindbærbrus fra Harboe. Han tager bare vand med i skole, og jeg tror, det er fordi, han vil holde sig neutral og ikke skille sig for meget ud. I hans folkeskole var alle ens, og det var også derfor han begyndte til fodbold i første omgang, men nu gør han det fordi han elsker det. Lige så meget som mig.

Første gang vi så hinanden uden for fodboldbanen var i supermarkedet, hvor jeg havde en hindbærvand i den ene hånd og en lille tomat i den anden. Han kom ind af de automatisk-åbnende "velkommen-til-vores-butik"-døre med en jævnaldrende pige, det var hans kusine, havde han fortalt mig sene-

re. Ret heldigt, for hun var godt nok køn.
Vi fik øjenkontakt, han smilede. Så jeg smilede tilbage, men den lille generte 10-årige Emilie dukkede frem i mig igen, hvilket resulterede i at tomaten i min hånd blev til en ketchupklat på linoleumsgulvet. Lort. Kusinen fniste lidt, men han kom med kommentaren: "Du kører med klatten, Stump". Dobbelt lort. Jeg vidste ikke helt, hvad det nu var meningen, jeg skulle gøre, for det var heldigvis ikke hver dag, jeg kom ud for sådan noget, 7-9-13, men jeg tænkte i hvert fald, at beviset for min ydmygelse skulle væk, så jeg fik hurtigt fat i en medarbejder.

"Undskyld mig", hoster en tjener, der i et par minutter har gået zigzag mellem alle stole og borde med en klam klud, for til sidst at tage mod til at åbne munden. Vi afbryder snakken og kigger op på ham med store øjne, som stræberne gør i skolen. "Vi lukker nu", er vist de ord der kommer ud over hans læber. Tag dog noget the med honning, dude, dit stemmebånd er knastørt, er hvad jeg har lyst til at sige, men i stedet kommer "Det er i orden" frem. Tjeneren nikker og går tilbage mod bardisken, hvor han bruger sin stadig mega klamme klud til at tørre noget spildt vodka op.
Så vi smiler til hinanden, skubber de mokkabrune spisestole ud og rejser os. Han tager vores jakker over armen, fisker sin pung frem – jeg skimter hans Visa kort, Rune Christian Lodberg står der – og lægger et par mønter på bordet. Nikker til tjeneren.
Jeg går lige i hælene på ham ud af døren, men idet jeg hæver mit hoved for at kaste et sidste blik på tjeneren, vælger mine snørebånd at løsrive sig fra sløjfen på min venstre sko. De sætter sig fast i døren, netop som den lukker bag mig og på vej til at tage et skridt ud på for-

tovet snubler jeg, fuck, og vælter ind i Rune som en dominobrik. "Rune!!" Hviner jeg, mens jeg med mine arme rækker ud efter hans talje i et forsøg på ikke at vælte helt. Jeg kan høre han gisper da jeg slår al luften ud af ham. Han bliver trukket lidt ned af den ekstra vægt, men holder sig oprejst. Snørebåndet er kommet ud af døren i farten, så jeg har egentlig ingen grund til at hænge i ham mere. Jeg hænger fast i ham, indtil han spørger, om jeg er en koala. Det kan du se jeg er, er mit svar, og han griner af mig. Med sine varme, brune hænder tager han mine og løsner dem fra sin jakke. Samtidig med jeg kan mærke, han gør det, rejser jeg mig stille op. Han vender sig om mod mig, stadig med mine hænder i hans. De velkendte sommerfugle i maven er tilbage, jeg kigger på hans mave for at se om de også er fløjet derover, men hans hud er ikke gennemsigtig, så det er lidt svært at sige. Jeg bliver varm i kinderne, da han giver min ene hånd et klem, men lige da jeg skal til at klemme tilbage, slipper han mine hænder og drejer hovedet: "Skal vi gå ned mod vestbyen?". Jeg nikker, og med det nik kommer en klump i maven. Lidt som en sten. På 10 tons.

På gåturen mod grillbaren, som ejes af ham den venlige fra Finland, får jeg fornemmelsen af, at den "lige ved og næsten"-oplevelse er sket før. Jeg tænker nogle uger tilbage, til dengang jeg skulle have taget klassebillede. Det var en forfærdelig dag, er du syg, jeg hader skolefotos. Hele dagen gik med det, fordi fotografen fra Odense var en time forsinket, så alle måtte vente i kantinen på, at han kom. Og det er ikke fordi, jeg ikke kan lide min klasse, for det kan jeg godt, men Rune går der ikke, det er der, den kikser lidt. Han har fri tidligt om onsdagen, så han tager ned til folkebiblioteket og læser der, indtil jeg har fri. Så mødes vi ved Netto og går hjemad sammen. Han hilser mig næsten altid med en eller anden spydig kommentar om en fra klassen. Nikoline var super irriterende som sædvanlig, hans dansklærer havde en sjov frisure, Martin kom med en træls kommentar, og så videre. Men det var bare noget han havde brug for at komme ud med, efter det var han helt frisk og klar på at snakke om mig, så det accepterede jeg som en del af ham.

Netop den onsdag stod hans kusine, Karoline, ude ved Netto. Jeg gav hende et lille smil og hendes tænder shinede tilbage. Hele dagen havde jeg tænkt på at købe en roulade, en med marcipan for den kan Rune bedst lide, som vi skulle dele på vej hjem. Jeg elskede, når vi gjorde det, også selvom jeg ikke er så vild med marcipan.

Da jeg kom ud igen, stod Karoline der stadig. Det lignede, hun ventede på nogen, jeg håbede bare det ikke var den samme som mig. Vi kiggede indimellem til begge sider, rømmede os lidt og kiggede ned på vores sko, hvad skulle jeg sige til hende?

Heldigvis kom Rune hurtigt, jeg kunne se ham dreje om hjørnet ved Elmegade og strakte hals i et forsøg på at få øjenkontakt med ham. Han kom hurtigt nærmere, og netop som jeg skulle til at række mine arme ud mod ham, styrede han direkte mod Karoline i stedet og gav hende et kram. Ret længe. Jeg stod bare og så lidt smådum ud. Hun hviskede noget i hans øre, han hviskede noget tilbage. Hun fnisede, og svingede med sit kilometer lange hår. De stod og snakkede lidt, jeg var et par meter bag ved dem, og lige da jeg tog et skridt mod dem, kom en ældre dame inde fra Netto med sin rollator og hæse stemme: "Undskyld frøken, vil De være så

34

venlig at flytte dem?". Hun kiggede op på mig med sine små briller og bøllehatten. Jeg udbrød et "undskyld, jo, ja, selvfølgelig" og trådte to meter tilbage. Karoline og Rune overhørte vores lille sammenstød og gav slip på hinanden. Jeg smilede til Rune og gik hen til ham for at give et knus, men jeg fik kun et slapt kram igen, og så af den slags med én arm, det var nærmest som om vores skuldre krammede. "Vil du med hjemad?", spurgte jeg forventningsfuldt, og nikkede hovedet mod parken. "Ja, eller nej faktisk, jeg har lige en lille aftale med Karoline her i eftermiddag". Han kiggede på hende mens han sagde det. Hun drejede sit hoved på skrå og smilede til mig, lille mig, omkring 10 centimeter lavere end hende. Rune tilbød at komme et smut forbi mig i aften. Jeg mindede ham om, at der jo var fodbold klokken 18.30. "Nårh ja, det er der sørme også", sagde han henkastet. "Så ses vi der", sagde han. Jeg nikkede til ham, og vendte mig om for at gå, men hurtigt kaldte han på mig og gav mig en high-five. Men det føltes mere, som om han havde givet mig den med en metalkugle ind på hovedet.

Klokken over døren ringer, da vi åbner den. Det er en sød lille lyd, minder mig om juletid.

Den finske ejer Matti hilser på os, han genkender vores ansigter, og som sædvanlig lugter han af kebab, det er det, han laver mest af. Vi hilser tilbage og beder bare om det sædvanlige; en cheeseburger til Rune og en tortilla med oksekød til mig, og to øl. På barstolene ved disken sidder en ældre herre, han har en kasket trukket ned over hovedet, man kan ikke se hans isse. Lidt rester af hans durumrulle hænger i skægstubbene, han lugter også lidt af cigarrøg.

"Vil du ikke med udenfor?", hvisker jeg til Rune, da vi

får vores bestilling. Han nikker, jo det vil han gerne, vi kan nemlig bedst lide at være alene når vi er sammen. Vi går tilbage mod midtbyen med vores mad, finder en bænk at sætte os på, indtil en eller anden mand skælder os ud og påpeger, at det altså er hans bænk vi sidder på, så mon ikke vi skal finde et andet sted at være.

Rune kigger ned i jorden og putter sine hænder i lommerne, mumler noget, han bliver lidt flov. Jeg er bedre til de her situationer, jeg tager det ikke så tungt som ham, så jeg undskylder og bukker dybt for manden. Han kigger mærkeligt på mig, da jeg rejser mig op igen, og Rune trækker mig i ærmet og hiver mig væk, jeg snubler over en kantsten, mens han kalder mig en lort. Jeg kigger på ham, og et øjeblik ser han dybt seriøs ud med et helt skarpt ansigt, små øjne og rynkede bryn. Jeg prøver at efterligne hans alvorlige ansigtsmimik, det fungerer også meget godt i et par sekunder, men så prikker jeg ham på næsen. Han gør det samme på mig, stadig mens vi går hen ad det slidte fortov, nu er vi kommet et par hundrede meter væk fra bænken. Vi kigger os over skulderen for at se om manden stadig står der, men før vi når at se det, går Rune direkte ind i en lygtepæl, hvorfor jeg støder ind i ham. Hurtigt ender vi begge på den hårde og iskolde asfalt, det gør ret ondt egentlig, men vi griner fra smerten. Det gør jeg tit med ham. Bilerne på vejen dytter af os, så vi trækker os ind til siden, ellers havde vi nok ligget der hele natten.

Jeg glemmer helt, hvad jeg havde på hjerte, hvad jeg egentlig ville sige til ham her i aften. Hvorfor jeg inviterede ham hen på caféen, hvad jeg mente med mine spørgsmål. Jeg synes, han snakkede lidt udenom derhenne, og mens vi går videre mod Rhododendronparken, overvejer jeg, hvornår og hvordan jeg kan få svar. Ordentligt. Rune snakker om fodboldturneringen i lørdags, det er det eneste jeg faktisk opfanger, jeg lytter næsten ikke efter.

På vej over broen stopper han op og beder mig om at kigge ned på vandet og de omkringspringende fisk, men jeg siger nej. Han står allerede foroverbøjet op ad rækværket og glugger ned, men vender sig 90 grader og kigger på mig. Han slår ud med armene og spørger: "Hvad er der galt med at se på fisk lige pludselig?". Tonelejet er mere forvirret end vredt, Rune bliver ikke sur så nemt, han er stille og rolig. Men kedlen i mig er begyndt at koge, lige så stille, jeg kan mærke boblerne som sodavand på flaske. Jeg skal passe på med at åbne den, for i løbet af de sidste par timer er den blevet rystet lidt.

"Nej, jeg vil ikke kigge på fisk, jeg vil snakke", siger jeg, mens jeg kigger ham lige i øjnene. Jeg får det dårligt, det kom ud på en hård måde, den måde hvor man lægger tryk på alle konsonanterne. "Hvad vil du så snakke om?" sukker han og kigger utålmodigt på mig.

Jeg er i gang med at åbne sodavanden, kan jeg mærke. "Det jeg spurgte dig om på caféen. Du svarede ikke. Hvad sker der for vores cafémøder? Betyder de noget for dig?".

Mine øjne bliver blanke som søen vi står ovenover, men jeg bider i mine læber.

"Jo altså, ja, det er vel hyggeligt og sådan", siger Rune endelig. Han sparker stille til stenene der sidder fast mellem brædderne på broen. Jeg undrer mig over hans uklare svar, men han gentager, at det for dælen kun er en lille café. Hans hårde og direkte holdning til det kommer bag på mig.

"Kun en lille café? Nej Rune, vores forhold er så meget *mere* end det!" Og så er sodavanden åben for fuld blus. "Hvilket forhold? Hvad snakker du om?" Rune hæver stemmen og har taget et skridt frem. Han står tæt på mig nu, jeg har aldrig set ham sådan før og selvom det er mørkt kan jeg se vreden gnistre i hans øjne. Jeg bliver så forbavset, at jeg tager et skridt tilbage for at komme væk fra ham. "Hvad med al det roulade vi har delt, vores ture hjem fra fodboldtræning, weekenden i din bedstemors skovhytte, alle mine essays du har læst?" spørger jeg oprevet, mens jeg tæller eksemplerne med på fingrene. Pludselig føler jeg mig helt nøgen, jeg havde delt mine inderste tanker med nogen, jeg troede havde det ligesom mig. Mine ben tager endnu et skridt nedad broen, mens jeg stadig holder øjenkontakt, jeg er ved at falde, for der er glat. Rune tager et skridt til for at komme nærmere mig, hvorfor vil han så tæt på nu? "Og så har vi pludselig et forhold? Det er ting jeg gør med venner, alt det du nævnte!" siger han provokerende. "Det jeg sagde var småting mand, men det er jo ikke tingene, der er afgørende, det er hvordan du fik mig til at føle!" Jeg tramper i jorden af refleks, men kommer til at føle mig som et lille barn og fortryder det.

Runes ansigt skifter til en anden mine, hans skuldre sænkes og hans knyttede næver tør op. Han slår ud med armene, kører sine hænder gennem håret. Det hår, jeg har nusset så mange gange. Jeg klippede ham engang, det var hjemme ved mig på det store badeværelse. Han sad på toiletbrættet og jeg stod bag ham.

Jeg spørger, hvad der sker. "Det kan jo ikke forklares", siger han stille. Og så kommer jeg med det samme i tanke om, hvad det var Lukas fra klassen havde sagt til mig i frokostpausen for en uges tid siden. Karoline var ikke hans kusine, det var hans flirt. De havde mødt hinanden til en fest, før ham og mig mødtes. "Er det Karo...." spørger jeg undrende. Han nikker til mine sko, før jeg har gjort sætningen færdig. Jeg har lyst til at slå ham, men hvad hjælper det. Det fjerner ikke rigtig den tomme følelse af knust glas, vel? Det fjerner ikke følelsen om, at jeg har spildt de sidste par måneder af mit liv, vel? Jeg bryder ikke sammen og ved ikke helt hvorfor, jeg står stadig op og mit ansigt er helt neutralt. Måske har jeg altid vidst, det ikke var ægte og måske skal min hjerne lige nå at fordøje og opfatte den kæmpe løgn, han igennem lang tid har stukket mig.

Mine ben føles som tynde tændstikker af abrikosgelé og mine ellers kolde fingerspidser får samme temperatur som resten af kroppen. Min sjæl har forladt mit legeme, og jeg stiger op mod himlen med udstrakte arme og fødder, der dingler lidt. Mit hår løsner sig fra knolden og min lynlås på jakken bliver lynet ned. Det føles, som om jeg er på vej til Nirvana. Min sjæl har gået igennem nok og er klar til at forlade verdenen.

Dengang nægtede jeg at finde det Lukas havde sagt sandfærdigt. Jeg stolede på alt, hvad Rune nogensinde havde sagt til mig. Jeg troede også, han skulle være min for evigt, men for evigt er faktisk ikke så lang tid, som jeg troede, det ville være.

Fire minus halvanden

Viktoria Birkerod Hinke

Roser er røde
Violer er blå
Børnene er søde
Du er ligeså

Det står der skrevet i valentinskortet fra sidste år. Hun putter det pænt ned i konvolutten med de håndtegnede hjerter. Lægger det tilbage under rudekuverterne i den nederste skuffe. Barnet kommer ind på soveværelset med beige badevinger og lille Mads i hælene. - Vi skal til stranden mor. - Ja ja mor kommer nu. Mor tager madkurv, fire håndklæder, en ekstra flaske vand, bleerne, babymosen, jakkerne, hendes strandhat. Husk nu lige bilnøglerne. Nårh ja. Børnene løber om kap ned af den triste, tyve år gamle trappe. Mor kan næsten ikke bære det hele alene.

Det er en tør strand. Børnene basker med armene, da de braser ud af bilen. Mors ansigt anstrenger sig til et anspændt smil da hun lukker døren til bagagerummet. De slår lejr på et ledigt spot nær ved vandkanten, på den menneskefyldte strand. Der er folk med hunde, folk med paraplyer, nudistfolk, folk med katte. Hun slår tæppet ud og fylder det op med tingene. Der er mere plads på tæppet, end der plejer at være. Mads og den store vil ud i vandet og lege. – Kun hvis I ikke går længere væk, end jeg kan holde øje med jer. Jeg kan ikke komme med jer ud i vandet, guldklumper, siger mor melankolsk.

Solen bager lidt endnu. Den er varm. En dame i rød og gul badedragt kommer over til mor og de hilser med kram og et kindkys. – Hvordan går det, spørger damen. Mor svarer, at det går ok, hun har jo børnene. De bader med blå badedyr. – Er du sikker, kommer det skeptisk fra hende. Mor slår ud med armen: Vær nu ikke fjollet, jeg har det fint. Damen i den røde og gule badedragt nikker tilfreds med armene overkors. Hun retter på sine solbriller. – Der er jo så mange andre fisk i havet, ikke. Hun smiler, og siger: Vi ses, jeg ringer senere. Hun laver en 180 grader vending og går væk derfra.

Mor kigger ud over havet. Hun kan kun se sine børn.

Fortællingen om jordbærret

Viktoria Birkerod Hinke

Der var engang et jordbær som boede med to ikke-økologiske citroner i en frugtskål. Jordbærret havde været igennem en masse transport før den kom til butikken, hvor den så blev købt. Citronerne havde ligget i skålen lang tid. – De kan holde sig for evigt, blev der altid sagt. Men citronerne var begyndt at få lidt brune mærker hist og pist. Den ene havde en ordentlig, sort plet med form som en oval.

- Hej, sagde jordbærret med en lys stemme, da det dumpede ned i skålen. Skålen var helt mørk, og høj også. Der kom ikke meget lys derned. Citronerne kiggede skummelt på jordbærret. – Hvor længe har I så været her? Lød det igen. Det rykkede tættere på. – Alt for længe, surmulede den mørkeste citron med den mørkeste stemme. – Ja, stemmede den lidt mindre mørke citron i. – Nå da, svarede jordbærret.. Dagene gik og hver morgen kom jordbærret med en replik om, at det dog var skønt med noget lys igen, efter en lang nat. Citronerne brummede. Efterhånden sagde jordbærret mindre og mindre. Citronerne blev mere rådne og reagerede aldrig positivt på deres nabos bemærkninger. – Hold mund tomat, kunne de sige. – Jeg er ikke en tomat! Insisterede jordbærret igen. Den rettede på sin top og bad citronerne se efter igen. De fnysede af det. En wannabe! Til sidst holdt de helt op med at snakke med hinanden. De holdt sig i hver sin side af skålen. Ligesom i frugt- og grøntafdelingen i supermarkedet.

En dag dumpede endnu et jordbær ned i skålen til de andre. Ingen reagerede på den nyes ankomst. – Halløj skovvenner, hvordan har vi det? Spurgte det nyankommne jordbær. – Vi kommer fra en plantage, rettede den mørkeste citron nedladende. – Nå nå okay fair nok citrus, undskyldte det nye jordbær. - Vi er citroner. CI – TRON – ER, pointerede den lyseste citron hidsigt. Jordbærret bad om forladelse. Nu henvendte det sig i stedet til sin frugtfætter, det andet jordbær. Det puffede til jordbærret og spurgte hvordan det gik. – Hm, brummede det gamle jordbær. – Nå nå, er vi i et lidt dårligt humør i dag. – Hmmm, brummede de tre andre.

Det nye jordbær sagde ikke mere i flere dage. Heller ej gjorde de andre. Efter en uge spurgte det nye, om tavsheden altid har været der. Det gamle jordbær nikkede. – Men venner, sådan kan vi da ikke lade livet gå forbi os på den måde! Inden vi får set os om ender vi i kompostbunken. Vi må leve livet! Sagde det nye.

Citronernes nysgerrighed var blevet vækket og de hørte efter. – Hvordan gør vi så det, spurgte den ene efter et par minutter. – Det er pærenemt, grinede jordbærret. Vi holder da bare et diskoparty!! Det er alt, der skal til.

Så de holdt et diskoparty med Elvis Æble, Citrus Cyrus og Jonah Rabarber og levede lykkeligt til deres dages ende!

Aubergine

Laura Bonderup Larsen

Der er ikke mange, der forstår den. Dens form, dens farve, dens top. Bare det, at den overhovedet er til, er for flertallet en gåde.

"Hvad skal jeg dog med den?" spørger folk sig selv om, hvis de får stukket sådan én i hånden. Den skal ikke skrælles, ikke udhules, men hvad skal den egentlig så? For hvem kan man overhovedet spørge? Selv grønthandleren ved ikke, hvordan den er havnet mellem et utal af kartofler og andre rodfrugter.

Nogle er dog mere modige, og vover sig hele vejen hen til det hjørne af grøntsagsafdelingen, som huser de mere ukendte og besværlige grøntsager. De står længe og skuer mod auberginen, der med dens mystiske og glansfulde ydre, har en tiltrækningskraft, som ingen kan stå i mod. Som sirenesang lokker den folk fra den ene ende af Brugsen til den anden, hvor de i march vandrer målrettet mod den endnu ukendte skønhed.

Den havner i indkøbskurven, og den glade ejer har allerede planer om at invitere hele den pukkelryggede familie og venner fra nær og fjern til middag.

I sin glædesrus på vej hjem fra Brugsen bliver den nybagte aubergineejer dog slået ud af sin trance, og begynder at slingre fra den ene side af vejbanen til den anden; for hvordan skulle man dog på nogen måde kunne plotte en stor, lilla, skinnende grøntsag, hvis navn er nærmest en umulighed at udtale, ind i en så velkendt ret som boller i karry?

Midt i sin fortvivlelse og frustration ryger auberginen fluks ud af vinduet. For vi kan ikke lide at vove os ud på alt for dybt vand, at vove os ud i det ukendte og uudforskede. Tænk nu, hvis det nye i virkeligheden var bedre? Hvad skulle vi dog gøre, hvis vi skulle til at meddele mormor, at boller i karry, faktisk smager meget bedre med et twist af aubergine? Stakkels mormor ville blive helt ude af sig selv, og blot navnet ville få hendes tunge til at slå knuder.

Nej, lad os hellere holde os til, det vi kender. Boller i karry, uden aubergine.

Om aftenen

Laura Bonderup Larsen

Det var om aftenen, at det var værst. De tanker, han om dagen kæmpede for at holde væk, myldrede frem, i det samme mørket havde lagt sig. Den overvældende stilhed, påbegyndte en uudholdelig larm i hans hoved.

De nætter, hvor det lykkedes ham at falde i søvn, vågnede han oftest kort tid efter badet i sved. Lyden af skud og barneskrig forfulgte ham selv i hans drømme og gjorde hans tid, i vågen tilstand, til et levende mareridt. Han huskede stadig tydeligt, hvordan deres ansigter blev ligblege, da han og de andre soldater stormede deres lejlighed. Hvordan de små børn klamrede sig til forældrene, og hvordan de nådesløst rev familier i stumper og stykker.

Det gøs i ham, når han huskede tilbage på, hvordan deres lidelser fik ham til at føle. Hvor vigtig og frygtet han havde følt sig, når han gik march gennem byens gader. For første gang følte han, at han var en del af noget større. At han var blevet accepteret, og at han var til nytte.

Ung og dum. Han var ung, dum og letpåvirkelig. Den samvittighed, han dengang havde ignoreret, kom nu tilbage som et hårdt slag i mellemgulvet. Han havde gjort ting. Ting, som hverken kunne eller skulle tilgives. For selvom han noget så inderligt håbede på, at tiden ville få folk til at glemme, at den ville få ham selv til at glemme, var han godt klar over, at det langt fra var tilfældet.

Tiden lægede ikke alle sår. Den omdannede dem derimod til ar, som for evigt ville være sømmet fast til hans sjæl. Stemplet som landsforræder, sad stadig i panden af ham, med store, fede bogstaver.

I starten var det ikke hans hensigt at skade nogen. Han vidste selvfølgelig godt, at en krig uden ofre var en umulighed. Men det var ikke dét, der drev ham. For han var ikke noget ondt menneske. Han var jo god nok på bunden, mente han selv. Han var bare ikke stærk nok til at stå imod slangens fristende ord.

Han huskede med sorg i hjertet tilbage på sin mors bedrøvede blik og høje suk, da han fortalte hende om sin beslutning. "Hold nu op, mor. Jeg ved, hvad jeg gør!", sagde han bare, når hun forsøgte at tale ham fra det. Men sandheden var , at han ingen idé havde om, hvor fatale konsekvenser dette valg senere ville give ham. Det var der ingen, der havde.

Hvis bare han havde lyttet til hende, hvis bare han kunne spole tiden tilbage, til lang tid før krig, død og ødelæggelse.

Men det var for sent. Det eneste han kunne gøre nu var at lægge sit hoved til rette på puden, og nyde lyden af skuddet, der omsider ville give ham fred.

Historien om en sommerromance

Marie Hvolbøl

Sommer har en underlig påvirkning på folk, de ser lidt lysere på det hele og har en tendens til at gemme deres problemer af vejen og i stedet bruge tiden på at nyde solskinnet og sommerflirtens bløde læber.

Sådan var de to også.

De havde begge lige afsluttet 8. klasse.

Hun og hendes veninder havde brugt de sidste to uger på at lægge en plan for, hvordan hun skulle fortælle ham, at hun godt kunne lide ham.

Han havde aldrig sagt noget til en levende sjæl, men alligevel havde han bestemt, at nu skulle det være.

Uanset hvad.

Hendes hud var solbrændt og hendes hår afbleget. Han var bleg med mørkebrunt hår. De var ikke udvalgt af skæbnen, men alligevel blev de fanget af sommerens håb-fyldte vinde.

"Hej, " hendes stemme skælvede, da hun så op og ind i hans øjne.

Han stammede et forsigtigt "hej" tilbage. Hun lagde sit håndklæde ned på det lune sand, kun få centimeter fra hans, og satte sig på det.

"Hvordan har din ferie været ... øhm ... indtil videre?" Han stirrede krampagtigt ned i jorden.

"Ikke noget særligt, hvad med dig?" Hun legede med sit hår.

Han tog mod til sig, "Jeg skal med til en ... turnering i næste weekend."

"Hvad kæmper I i?"

Han rødmede og tøvede, "Mindcraft ... altså ... jeg ved godt, det er ikke noget særligt sejt, vel?"

"Jeg synes, det lyder spændende," hun havde aldrig haft den mindste mistanke om, at han var en af dem, der spillede computerspil. Hun havde altid forestillet sig ham som den tavse, stærke type, der bare var lidt genert. Det var han ikke.

Der blev stille.

Bølgernes brusen blandede sig med mågeskrig, og små børn der skreg efter is, men ingen af de lyde kunne overdøve den tavshed, der gravede en grøft mellem dem.

Hun tog sin IPhone op ad lommen og gav sig til, at lave ansigter til kameraet, for at finde den perfekte vinkel. Han undrede sig, over at hun gik op i den slags, han havde altid troet, at hun var en af dem, der gemte bøger på sit værelse og læste, så snart hun fik mulighed for det.

Det var hun ikke.

Hun placerede sin hånd i mellem deres håndklæder, mens hun lod den anden glide igennem sit lange hår. Han så nervøst på hende ud af øjenkrogen, og lod sin hånd hvile i sandet en centimeter fra hendes. Men han turde ikke tage den.

Til sidst flettede hun sine fingre ind i hans og smilede til ham, for første gang så han hende i øjnene og holdte hendes blik fast.

Sådan blev de siddende længe.

Hun rejste sig op og trak ham med sig, mens hun holdte hans hånd fast. De gik langs vandkanten uden at sige noget. De gik bare.

Han kunne mærke, det brændte, hvor deres hænder mødtes, og hendes mave var ved at eksplodere af sommerfugle. Bølgerne slog længere op på stranden, i takt med at vinden tog til, og solen gled længere ned i horisonten. Ingen af dem lod mærke til, at mågernes skrig langsomt forstummede, de havde kun øjne for hinanden, mens de gik i tavshed.

Til sidst stoppede de, da de opdagede, at der ikke var nogen på denne del af stranden. Hun forsvandt ind i hans øjne. De stod tæt nok til, at han kunne lugte hendes parfume, men ikke tæt nok til at hun kunne mærke hans ånde.

"Mads ... " Hviskede hun.

Han slap hendes hånd i samme sekund, trådte et skridt tilbage og sagde: "Vi har gået i samme klasse i 8 år, og så kan du ikke huske, hvad jeg hedder? " Hans stemme var kold og afklaret, "og til en anden god gang så er det Lukas. " Han vendte ryggen til og gik sin vej.

Det undrede hende, hvordan hun var blevet forelsket i ham uden at kende hans navn. Til sidst gik det op for hende, at hun aldrig havde været forelsket i ham, men i den hun havde forestillet sig, han havde været.

Han undrede sig, over hvad der havde provokeret deres afstandsforelskelse.

Han fandt aldrig ud af, at det var sommeren, der havde, fået dem til at glemme, hvordan verden i virkeligheden hang sammen.

Historien om et regnvejrskys

Marie Hvolbøl

Stilheden var øresønderrivende. Det eneste man kunne høre var bestikket, der krattede mod tallerkenerne og de tre menneskers åndedræt. For den ene bordende sad en ung mand med lyst hår, der næsten dækkede hans grønne øjne, han stirrede ned i sin tallerken og kørte en kartoffel rundt med sin gaffel uden rigtig at spise noget. Over for ham sad en ung kvinde på omtrent hans alder iført en hvid skjorte knappet helt til halsen og en tætsiddende nederdel. Hendes brune hår var samlet i en stram knold, men flere totter hang efterhånden ned foran hendes ansigt.

Imellem de to var årsagen til deres tavshed placeret. En lille dreng, med klare øjne, kæmpede en brav kamp for ikke at skære sig på den is, der var i luften. "Hvad laver du så for tiden? " Spurgte hun ud i luften. Han rettede sig op, og deres øjne mødtes et kort sekund, inden han svarede hende. "Ikke noget særligt. " Den lille dreng krummede sig sammen på sin stol, mens de to andre forsigtigt spiste videre.

Møblementet var slidt, ingen havde gidet at hænge noget op på væggene, der stod tomme bortset fra et enkelt spindelvæv i det ene hjørne.

Drengens klare stemme brød tavsheden: "Hvem er du?"

"Jeg er Niklas."

"Men hvorfor er du her?"

"Fordi jeg mangler et sted at bo."

"Du behøver ikke sige mere," afbrød hun for igen at nedstirre sin tallerken.

"Karina, jeg fortæller jo bare drengen sandheden."

"Men den har han ikke behov for at høre."

Der blev stille, indtil drengen spurgte: "Hvad har jeg ikke behov for at vide?"

"At Karina og jeg..."

"Niklas!"

"At din mor og jeg er gamle venner."

Afsluttede han og så hende i øjnene, hun nikkede, så væk, og der blev fuldstændig stille, som efterlod de samtalen til de skramlende gafler.

En tallerken faldt mod gulvet, og Karina rakte forgæves ud mod den, inden den ramte gulvet og splintredes i tusind stykker.

"Undskyld, mor," hviskede drengen ned i bordet.

Karina sukkede som svar, mens Niklas rejste sig og spurgte: "Hvor er der en fejebakke?"

Da han ikke fik noget svar, gav han sig til at samle porcelæns stumperne op med hænderne.

"Er det de her tallerkener, du fik af din mor, da du blev femten?"

"Ja, de matcher de viskestykker, jeg havde fået året forinden," grinte hun, "hold op hvor var de hæslige!

Jeg fatter ikke, hvordan nogen kunne tro de var pæne!
"

"Vi har vel allesammen gjort noget, vi fortryder ... "
Deres øjne mødtes i et splitsekund og ingen af dem vidste, om det var sommerfugle eller eksplosioner, de kunne mærke.
"Tror du ikke, du skal i seng, nu? " Spurgte hun sin søn.
"Men mor klokken er kun syv, " hans modsigelse lød opgivende.
"Du skal tidligt op i morgen. "
Drengen slæbte sine fødder hen ad gulvet og lod døren falde i med et brag og efterlod de to, fortabte og forstummede, i halvmørket.

Til sidst tog hun mod til sig og brød tavsheden:" Som hvad? "
Han løftede det ene øjenbryn.
"Hvad fortryder du? "
"Det er edermanme løgn! Du vil have mig til at sige undskyld, igen, efter alle de år! " Hans stemme flød over af raseri.
Karina så gennem vinduet i håb om, at et godt argument gemte sig derude, det eneste hun så, var en mariehøne der kravlede, forvildet og forladt, rundt i græsset.
"Det var jo ikke det, jeg prøvede på, " undskyldte hun.
"Jo, det var, og det ved vi begge to! " Han råbte så højt at spyttet fløj fra hans mund og landede på hendes ansigt. Hun tørrede forsigtigt dråberne væk, mens tårerne samlede sig i hendes øjne og truede med at falde og oversvømme dem begge to.
Mariehønen prøvede at lette, men dens vinger var blevet brækket i en af fortidens slåskampe og umuliggjorde al form for flyvning.

"Fortryder du ikke det der skete? " Hendes ord slap knapt ud af hendes mund.
"Det gjorde jeg i mange år, men det er tydeligt, at vi begge to er kommet over det og er et helt andet sted i vores liv. Jeg har Mette og du har, hvem end drengens far er. "
Græsset svajede i vinden og dækkede den skrøbelige mariehøne med sine tunge strå.
"Nej, det har jeg så ikke længere. "
"Men du var tydeligvis ikke interesseret nok til at høre, hvad jeg havde at sige, overvejede du overhovedet, at der ikke skete det du troede? "
Hun undgik hans blik og legede med en hårtot, indtil hun tøvende åbnede munden: "Så fortæl mig det. Fortæl mig at der ikke skete det jeg troede. "
Mariehønen gjorde et sidste forsøg på at komme til at flyve. Men dens ben blev aldrig løftet fra jorden.
"Det er jo lige meget nu. Vi er begge to kommet videre."
"Er vi? "
Der blev stille, som om nogen havde slået lyden fra, og verden var gået i stå.
"Vil du med ud lidt? " Hendes stemme lød skinger og fjern, da hun brød tavsheden. Han nikkede sit svar og satte kurs mod døren, der gled lydløst op. De endte op på trappen få meter fra døren. Hvor de skiftevis så på hinanden uden at få øjenkontakt.

Himlen blev mørkere, halvt fordi solen var ved at gå ned, halvt fordi det trak op til regn.
"Det ser ud til, at det kommer til at regne. " Konstaterede hun tørt.
"Kan du huske, at du drømte om det perfekte kys i regnen? "

"Ja, men det regnede slet ikke den sommer, så du nåede aldrig at give mig det, " smilede hun.

De første dråber landede på fliserne omkring dem, men de blev siddende uden at bevæge sig eller sige noget, indtil de begge to var gennemblødte. Hun placerede sin hånd i mellem dem, som børn nu gør, når de gerne vil have, at man skal holde den.

De rejste sig begge på samme tid og så tøvende på hinanden med få centimeter mellem deres ansigter, mens regnen silede ned omkring dem og ned ad deres ansigter og læber. Hun kunne mærke hans ånde mod hendes ansigt. Han kunne se glæden i hendes øjne og smilet på hendes bløde, røde læber.

Hans mobil vibrerede i hans lomme, og han tog den op og trådte et par skridt tilbage, men ikke nok til at skjule skærmen fra hende. Et billede af en lyshåret kvinde med klare blå øjne lyste op på skærmen med Mette<3 skrevet hen over billedet.

"Hej, " hans ansigt lyste op, " ... er du sikker på, at jeg kan bo hos dig? Fedt! Jeg kommer så snart, jeg kan, jeg elsker dig. "

Da han gik, efterlod han hende på trappen, han smånynnende, med et smil plantet på sit ansigt. Hun stod fortabt på trappestenen og stirrede efter ham i håbet om, at han ville vende om og komme tilbage.

Det gjorde han ikke.

I stedet stod hun på trappen, med en blanding af regn og tårer løbende ned ad sine kinder.

Puslespil

Marie Hvolbøl

Jeg ville ønske at verden var et puslespil
der kun bestod af fire brikker
med brugsanvisning, vejledning og tydelige mærkater
der fortæller hvad du skal gøre
og hvornår
men verden er slet ikke et puslespil
og den består ikke af fire brikker
der er ingen brugsanvisning, vejledning eller tydelige
mærkater
til at fortælle dig hvad du skal gøre
for der hvor det virkelig gælder
er vi alene
og så står vi bare der, med tomme blikke
og ligeså tomme hjerner
og spejder efter hjælp

men der hvor det virkelig gælder

er der ingen brugsanvisning, vejledning eller tydelige
mærkater

ingen til at fortælle dig hvad du skal gøre

ingen til at holde din hånd og komme med tilråb

der er kun dig

og der er intet du kan gøre

for der hvor det virkelig gælder

er det ikke rart

at være

Alene

Min indre dæmon

Emma Kristensen

Det er altid interessant at gå gennem byen og kigge ind i de blankpolerede butiksruder jeg hver dag går forbi, med dig i hånden. Ikke kun fordi alt det bag butikkernes ruder giver mig urealistiske drømme fra duften af spritnyt tøj og synet af farverne som giver mine øjne illusioner om hvad der kan ske, og om hvem jeg kan blive til, når jeg tager tøjet på, men også fordi mit spejlbillede kommer frem i glasset, sådan lidt gennemsigtigt, som var jeg et spøgelse.

Så vender jeg mig væk fra ruderne, og i dét jeg vender mig, bliver jeg mødt af dit velkendte ansigt. Jeg ser ind i dine øjne, mens folk går ubemærkede forbi os. Forældre med trætte og grædende børn, der egentlig bare venter på at komme hjem. Teenagere der løber rundt mellem hinanden, for at være en del af fællesskabet, og ældre mennesker, der stille går forbi med langsomme og besværlige skridt. Jeg ser i dine øjne, at du ser mig, mens jeg blandt alle andre er lige så gennemsigtig, som når jeg kigger ind gennem butiksruderne.
Det har da sine fordele at være gennemsigtig. Så kan jeg gøre hvad jeg vil, og gå hvorhen jeg vil. Jeg kan væ-

re en flue på væggen eller et spøgelse, uden nogen opdager mig, selvom jeg godt vil opdages. Bare en gang i mellem. Så kunne jeg måske snakke med nogle om det skønne vejr jeg til hver dag går glip af. Men det er svært at snakke med nogle, når du hele tiden dukker op, uafbrudt.

Altså, jeg mener... Selvfølgelig har der været tidspunkter i mit liv hvor jeg havde andre end dig ved min side. Mennesker jeg har elsket, mennesker jeg har holdt af, og mennesker jeg har gået igennem en masse med. Der har også været mennesker jeg har haft det godt med, mennesker jeg ikke brød mig om, og der i gennem mennesker der har bragt mig lykke, og mennesker som har bragt mig en masse sorg. Måske var det tilfældet at vi skulle være sådan her. At vi kunne indtrænge hinandens kroppe, men måske kom vi ikke helt tæt nok på hinandens sind for selvfølgelig kunne vi elske og hade hinanden, skændes over alt og intet, men når vi blev vist for hinanden, var vi fremmede, der måtte gå hver til sit. Måske skulle vi have ladet lidt gennemsigtighed blive tilbage. Det kunne også tænkes at vi blev for gennemsigtige og fløj forbi hinanden, som genfærd. Måske var det bare dig som der i sidste ende der fik det til at gå i stykker, når du tog min hånd og flygtede væk fra virkeligheden. Måske havde det ikke endt sådan, hvis du havde holdt dig væk fra mig til at starte med, men som sagt, du tænker jo ikke længere end til hvad du selv vil. Såsom at såre mig.

Den første gang jeg mødte dig, husker jeg ganske tydeligt på trods af at jeg kun var et uskyldigt barn. Min mor skulle ned og handle, og jeg kunne ikke beslutte mig for om jeg ville med, så hun gik og lod mig være tilbage. Hun vidste ikke, at hun dér allerede kastede mig ind i dine arme, da jeg sad alene hjemme i vores lejlighed, mens monstre med frådende munde og mordere med skumle planer kunne stå på lur bag hvert gardin, parat til at hoppe ind og slå mig ihjel, mens du bare så på og smilede, fordi du godt vidste jeg var din nu. Jeg havde ingen steder at flygte hen, og du havde ventet på det rette øjeblik til at tage mig med.

Du er siden dukket op med jævne mellemrum gennem de år, som nu allerede er gået. En uafsluttet affære. Hele tiden on/off, for det er aldrig til at vide hvornår du dukker op igen. Du har altid været uberegnelig.

Et kærligt klem i min fugtige hånd, vækker mig i et øjeblik væk fra tankerne. Du kigger først blidt på mig, men hurtigt mærker jeg vreden trække op i dine øjne, og du klemmer pludseligt til, så fugten i håndfladen hurtigt bliver til en flod af dryppende sved. Det gør ondt, og det er ekstremt ubehageligt. Smerten breder sig langsomt op gennem min arm og helt op i mit hjerte. Din vrede er ved at stoppe blodgennemstrømningen til mine indre organer. Snart får jeg sikkert en blodprop. Indeni skriger jeg efter håb om at du snart stopper, men det forbliver et ekko inde i mit hoved. Både du og jeg ved, at jeg aldrig kunne finde på at skrige midt på gaden blandt en masse mennesker. Hvad ville folk ikke tænke om mig? At jeg er sindssyg? Men jeg er ikke sindssyg, selvom du gør alt for at få mig til at blive overbevist om det. Du venter egentlig kun på at dem fra psykiatrisk afdeling skal hente mig, så jeg kan komme ind på den lukkede, dér vil du have mig i din varetægt, for altid. Er det ikke også sådan du havde ønsket det?

Stille og uopmærksom, lader jeg mine øjne hvile på et gammelt ægtepar, der hånd i hånd vandrer gennem gaden og snakker mens de kærligt og forelskede kigger på hinanden mellem ordene. De ser rolige og lykkelige ud. Deres børn er blevet store og flyttet hjemmefra, og nu er de blevet stærke sammen, fordi de overlevede år med hverdage og weekender, der var beroligende. Jeg kæmper og kæmper for at aflede opmærksomheden væk fra dig. Jeg får nu øje på et ungt forældrepar med et lille barn i klapvognen. Moderen skubber træt og udmattet klapvognen foran sig, mens faderen går irriteret ved siden af. De holder ikke i hånd og snakker heller ikke kærligt eller nyforelsket til hinanden. Jeg aner en irritation mellem dem. Alligevel er de endnu i kampen, endnu i drømmen om at få det hele til at gå godt. Jeg tænker tit på hvordan disse mennesker gør. Hvordan de overhovedet evner at være lykkelige med børn, arbejde, regninger der skal betales, tøj der skal vaskes, mad der skal købes ind og laves. Det lyder så uoverskueligt. Måske er det bare mig der syntes det.

Hvor langt går de, for stadig at kunne bevare sig selv og ikke miste koncentrationen? Og miste deres kompromisser, der ikke på et eller andet tidspunkt, vil få dem til at føle sig overreageret, bare for at passe ind. At de ender op som de mennesker der skal finde den rigtige måde, at være på de rigtige tidspunkter, uden at bryde sammen, sådan som jeg brød sammen.

Jeg prøver at trække vejret dybt efter et desperat forsøg på at få luft, mens du breder dine stærke hænder over flere dele af min krop, og klemmer lidt hårdere til. Afledningsmanøvren virker ikke. Du må være den største fjende af dem alle, for du skal finde vej gennem alle dine forklædninger, for at tilpasse dig mig og være en del af mit liv, selvom jeg inderst inde bare gerne vil have du forsvinder. Langt væk. Du burde vide at jeg virkelig ikke kan klare at leve sådan her, men du er som altid, ligeglad. Du gør smerten værre, og du får mig til at føle mig ligegyldig. Det er ikke nemt at være gennemsigtig, jeg troede alt ville være nemmere nu. Men intet har ændret sig. Du vil altid være i mit indre og du vil aldrig nogensinde forsvinde.

Du gør det både svært og uoverskueligt for mig at få venner efter alt dette dengang. Det er svært for mig som et helt normalt menneske, som alle de andre, at tage mig sammen til at stå op og leve på sådan en normal dag, som i dag. Det skal du til at forstå. Jeg kan ikke mere, jeg er snart nået det punkt at jeg giver op, at jeg snart ikke kan holde dette ud længere. Du giver mig paranoier, nogle jeg ikke har lyst til at have. Overhovedet. Men det forstår du ikke, selvom jeg konstant prøver at banke det ind i hovedet på dig. Hvad er der egentlig galt med dig? I starten gik det ikke så meget over gevind, men lige pludseligt da jeg nåede en bestemt alder som heller ikke gjorde det nemmere så brød helvede så pludselig løs. Det kom nu heller ikke bag på mig, efter alt hvad jeg nu allerede havde gået igennem.

Men hvor er det typisk at du gemmer dig hver evig eneste gang. Du gør dig selv til noget du ikke er. Usynlig. Overfor mig kan du ikke gøre dig selv som usynlig, uanset hvad vil du følge mig, om du er usynlig eller ej. Det er et mareridt for mig. Du er mit mareridt, den værste af slagsen. Jeg har aldrig forstået dig, det tror jeg heller aldrig at jeg kommer til. Du er hvert fald meget svær at finde ud af også selvom jeg ikke ved hvem du er. Du er en fremmed, men alligevel kender vi hinanden som havde vi kendt hinanden hele livet, bare ikke på den samme måde.

Da det hele begyndte var jeg blot en lille pige, som ikke vidste noget om livet. Jeg vidste i hvert fald ikke hvem jeg selv var og hvad jeg ville blive til, den dag, i dag. Aldrig nogensinde havde jeg troet at dette ville fylde så meget i mit liv, som det faktisk gør. Jeg kan huske da jeg var mindre, jeg elskede alt. Jeg elskede alle mine omgivelser, alle menneskene, min familie og venner, og jeg elskede livet. Nu er jeg bange, jeg lukker mig stille og roligt ind i mine egne tanker, mens jeg er godt i gang med at skubbe alle væk fra mig.

Før dette skete havde jeg en drøm, en drøm om at blive enten psykolog eller sygeplejerske, da jeg altid har interesseret mig for mennesker og deres måder at tænke anderledes på. Se mennesker fra andre vinkler, end man normalt ser dem nutildags. Det har jeg altid gerne ville prøve, men nu... Nu er det for sent. Chancen for at jeg kommer til at udleve drømmen er så lille at det nok aldrig sker, men hvad havde jeg også forventet af dig, og mig selv? Ingenting, for indeni mig er der altid en som vil fortælle mig jeg intet duer til og at jeg lige så godt kan smide de positive tanker væk.

Fisk

Katrine Abel Christensen

Det veg for mine fødder og omfavnede mine ben. Krøb hastigt længere op. Omsluttede min mave, rørte mine skuldre og greb mig om halsen. Det tvang sig vej op mod min mund, ind i min næse, slørede mine øjne og fjernede alle lyde indtil det dækkede mig helt. Trak mig ned.

"Hvad skal vi have at spise i aften?" spurgte jeg, og min mor svarede: "fisk."

"Bvadr" ville jeg så sige, "alle hader fisk!"

"Du skal nok lære at værdsætte det en dag," ville hun le. Hun havde sådan en sød, klukkende latter, min mor. Dengang tænkte jeg selvfølgelig ikke mere over det. Sådan var det bare, og sådan ville det altid være. Min mor var en herlig dame, stærk. Hun formåede at holde styr på både hus, familie og et arbejde på samme tid. Det var ret imponerende. Min far derimod var aldrig hjemme, eller det vil sige, at han aldrig var hjemme i længere tid af gangen. Han fiskede altid. Var altid ude på havet. Var altid væk. Til tider glemte jeg, at han overhovedet manglede, men min mor var anderledes. Hun tænkte på ham hvert vågent minut. Ventede altid på ham.

"Savner du ham aldrig," blev hun ofte spurgt, hvortil hun ville smile og svare: "Han er altid hos mig i mine tanker."

"Sikke noget vås," ville jeg så tænke, men alligevel ikke ytre min uenighed. Jeg var den eneste, som vidste, hvor tom hun var uden hans tilstedeværelse. Jeg var ikke så gammel på daværende tidspunkt, nok en 13-14 år. Det er nok almindeligt for børn i den alder at tænke, at de ejer hele verden, at de har styr på alt, at de ved alt - at de er voksne. Sådan havde jeg det ihvertfald. Jeg tænkte altid, at jeg vidste bedst, at det bare var alle andre, som var forkert på den. Som med fisken jeg ikke kunne lide. Jeg kunne ikke lide den, ergo kunne ingen lide den.

Jeg lukkede mine øjne og søgte mod fosterstilling. Jeg vidste ikke, hvor jeg var, befandt mig bare i en form for boble, i sikkerhed, væk fra faren. Alligevel omsluttede det mig – og min boble sprang. Kastede virkeligheden i hovedet på mig. Som en snebold fyret af sted, ramte panikken mig midt i fjæset. Alt for hastigt, uden mulighed for at undvige. Jeg ville trække vejret, men dette forårsagede bare, at jeg fik vand i lungerne.

Flere år havde passeret. Meget var ændret.
"Hvad skal vi have at spise i aften," spurgte jeg, og min mor svarede: "Fisk." "Igen?" ville jeg så sige.
Min mor kiggede så på mig med de der blå, tomme øjne, som sagde: "Lad nu være…"
Så ville jeg tie.
Min mor havde ikke haft energi eller overskud til noget i et par år.
"Hvordan klarer du dig dog igennem det her?" blev hun ofte spurgt, hvortil hun ville svarede: "Det gør jeg

heller ikke."

Hun var ikke længere den stærke mor, som engang havde holdt sammen på en velfungerende familie. Hun var bare en tom skal. Hun arbejdede ikke, gjorde ikke rent og spiste kun om aftenen.

Fisk.

Det var det eneste hun spiste. Rødspætte, havkat, helleflynder – al slags fisk. Hver dag. Det var nok det eneste, som holdte hende i gang. Den der dumme fisk. Jeg kunne stadig ikke lide det. Ikke af samme grund som for 5 år siden.

Selvom min far aldrig havde været hjemme før, føltes det alligevel tomt uden ham. Ikke fordi jeg savnede ham, men fordi jeg savnede min mor.

Jeg flød rundt i det mørke vand, vidste hverken, hvad var op og hvad var ned. Frygten fyldte min krop. Jeg spjættede – søgte ilt, men vand fyldte endnu engang mine lunger. Jeg åbnede øjnene og så et lys. "Solen!" tænkte jeg. Mine ben spjættede og mine arme nærmest trak mig opad. Jeg hev efter vejret, men som før var der kun vand at hente. Jeg hostede, men for hvert host kravlede mere vand ned i mine lunger – tvang sig vej derned.

Tiden havde hastigt passeret de seneste år. Jeg var næsten færdig med skolen. Egentlig kunne jeg godt flytte hjemmefra, men min mor bad mig blive. Ikke fordi hun ville savne mig. Hun kunne bare ikke undvære den forbandede fisk, som plagede hendes hverdag. Hun kunne ikke længere selv tilberede den, så det var altid mig, som lavede maden derhjemme. Altid fisk. Hun var ligeså stille begyndt at snakke igen. Ikke meget, men alligevel nok til at man atter kunne føre en samtale med hende.

Tidligere var jeg ofte blevet spurgt om, hvordan hun havde det. Hvordan hun klarede sig. Det blev jeg ikke mere. Ingen var interesserede i hendes sølle liv.

Jeg var næsten oppe, men mine ben ville ikke mere. Mine arme lyttede ikke længere - selv mine øjne lyttede ikke. Jeg kunne ikke mere.

Jeg var nu i midten af tyverne. Boede stadig hjemme – på papiret i hvert fald. Jeg havde nu lært at sejle. Jeg var fisker. Det var sjældent mig som lavede mad derhjemme til min mor, derimod var det sundhedshjælperne, som kom og gjorde det for hende. De kom med færdigretter og varmede dem til hende. "Jeg vil ikke spise det her hundeæde!" skreg hun ad dem, "giv mig noget ordentligt mad!" Men hvordan kunne de gøre det? Der var ikke tid nok til, at de kunne tilberede og servere hendes elskede fisk for hende. Deres tidsplan var ganske enkelt for presset i forvejen. Det ville de så informere hende om, hvortil hun ville bryde ud i gråd. Det kom som et chok hver gang, jeg kom hjem, hvor meget hun havde tabt sig. Skind og ben var hvad hun efterhånden var blevet til. Så ville jeg forbarme mig over hende og tilberede fisk. Dette forfærdelige dyr. "Giv nu op," sagde hun , "hvorfor fortsætter du?" Hun kiggede ikke på mig. Stirrede bare ind i sit akvarium. "Du ligner din far," fortsatte hun, "du burde lære af hans fejl. Stop med dit fiskeri." Det var den første samtale vi havde haft i længere tid. "Synes du jeg burde stoppe med at fiske?" spurgte jeg. Jeg kiggede væk fra hende, ind mod fiskene. Kiggede så op og slog ud med hånden: "Du har ingen magt over mig! Du er bare en

gammel sæk, som ikke kan andet end at brokke sig og æde fisk! Du kan ikke engang passe på dig selv – ikke engang tørre din egen røv!" Hendes ansigt veg ikke en tomme. Kiggede bare fortsat ind mod fiskene. "Se dig dog omkring," sagde hun, "er det her virkelig, hvad du vil?" Hun så stadig ikke på mig.
Jeg gik ned mod havnen.

Jeg strakte min arm, som kunne jeg nå den forgangne sikkerhed. Som kunne jeg nå land. Men det kunne jeg selvfølgelig ikke. Jeg fløt bare rundt i min egen fejl. Min egen dumhed. Min egen fælde. Fanget. Fyldt med vand.

Bølgerne var usædvanligt voldsomme. Jeg gik ud til spidsen af skibet.
"Jeg skal give hende fisk!" råbte jeg, "hvorfor er de overhovedet så fucking vigtige for hende?"
Jeg fór rundt, som en kylling uden sit hoved. Væltede rundt mellem kasser, og tumlede over reb.
Det gav et ryk i båden og jeg snublede. Slog mit hoved ned i dækket. Bølgerne piskede ind over rælingen og badede mig i saltvand.
Jeg vidste ikke længere, hvor jeg var.
"Hvorfor?" hviskede jeg, "Hvorfor forlod du os?"
Jeg kom atter til mig selv og rejste mig op. Det sortnede kort for mine øjne, og min balance var ikke i top.
Jeg spejdede over havet. Det synedes så småt.
"Hvor fanden har du været!" skreg jeg derud, "Hvor fanden er du? Vi har manglet dig! Mor har manglet dig!"
En bølge skyllede ind på skibets side. Jeg faldt ned på knæ.
"Jeg mangler dig." Tårerne piblede frem.
Jeg følte ingen angst, alligevel krøb jeg sammen.

Jeg var endelig faldet til ro. Jeg mærkede roen i endelig at have sagt, hvad jeg ville. Mærkede roen i, at det var mine omgivelser, og ikke mig, som piskede op. Det gav endnu et ryk i båden, og jeg blev flået ud af mine egne tanker. Jeg kiggede op. Regnen sivede ned i lårfede stråler. Himlen var sort, men hvide lysglimt lyste himlen op. Jeg hørte et brag fra den anden ende af skibet. "Satans," tænkte jeg, rejste mig og løb hen mod redningsvestene.

Min krop gav op og det sortnede for mine øjne. Den før så skræmmende kulde forvandlede sig til et varmt tæppe, som lagde sig om mine skuldre og pakkede min krop ind. Mine kolde lemmer gjorde ikke længere ondt. Jeg følte mig ikke længere tung og svag. Jeg var så let, som kunne jeg flyve med fuglene. Flyve langt væk fra det kolde vand. Forsvinde i det evige.
Vinden snurrede om mig, gav mig fart og viste mig vejen. Op. Væk fra verden mod det hensiddes.
Jeg forsvandt, men aldrig har jeg følt mig så fri.
Fri som en fisk.

Rensdyrjagt med Ittu

Donna Simonsen

Det er efter sommer. Begyndelsen af august, solen begynder at stå lavere og lavere på himlen. Det begynder at blive lidt koldt. Det er også snart konfirmation, og vi havde ikke noget at spise til hovedretten til festen, så vi blev nødt til at jage noget. Min morfar(Ittu) er skolelærer. Han blev født i Grønland men han er opvokset i Danmark, han kan godt forstå grønlandsk men han snakker mest dansk. Vi plejer at sejle hver sommer eller i weekenden. Sidste sommer sejlede vi til Sydgrønland med en lille båd sammen med min mor, lillesøster og min morfar.

Som sagt starter det med, at der skal være konfirmation, så Ittu og jeg skal jage nogle rensdyr. Først skal jeg træne og lære at skyde og løbe hurtigt før man skal skyde noget. Vi sejlede ikke så langt væk fra Nuuk. Det var bag ved Nuuk der er sådan en fjord der hedder Kobberfjord, og det var der jeg trænede sammen med min morfar, jeg har også trænet i en lille ø det er hellere ikke så langt væk fra Nuuk.

Det var om morgenen, jeg tænkte: "I dag skal vi sejle , og jage et kæmpestort rensdyr". Jeg komme op og stå og tog noget tøj på, og så få noget morgenmad og alle de rutiner. Efter det så jeg pakkede mine ting som jeg skal bruge. Jeg har ikke så meget tid fordi vi skal snart sejle.

Nu er vi snart halvejs, jeg satte mig ved siden af Ittu "nå, Donna! nu skal du lige styre båden fordi jeg skal ordne noget" siger Ittu. Jeg satte mig ved styret, jeg havde prøvet det før, så jeg havde styr på hvad jeg skulle. Jeg begynder at kigge mod venstre, jeg kan se store bjerg med is op på toppen, og solen skinner mod vandet, jeg kigger ned mod vandet, den er blå som himlen. Jeg kan se at vi snart er fremme, man skulle kunne se et kæmpe stort bjerg til højre. Jeg bankede på døren lige ved siden af mig og sagde til min Ittu og at han skal styre båden nu fordi jeg vil tage billede af bjerget, han kom ind og tog sin jakke af han holdt styringen mens han sad på stolen. Jeg tog min jakke og min hue på, der er jo også lidt koldt når man er i nærheden is og det blæser meget, for vi sejler ret hurtig.

Jeg kom ud og tog min mobil og tog et billede af det smukke høje bjerg, men så synes jeg lige jeg skulle filme mig selv fordi det ret sjovt det blæser, når man lige kommer op så får man vind i hovedet, Efter jeg havde filmet, så satte jeg mig på en stol.

Der går ikke så lang tid før vi er der. "Vi er der snart Donna" siger morfar, og jeg begyndte at gøre mig klar. Vi er fremme, der hvor vi skal jage. Min morfar tager et anker ned til vandet. Jeg hjalp min morfar til at gør klar til i morgen fordi vi kom jo om aften så vi kan sove i båden. Jeg vågnede ca. halv otte. Jeg begynde at lave te og tog nogle cornflakes. Jeg satte mig ved bordet og spiste min morgenmad, jeg begyndte og tænke bare på alt bare sådan alting, om verden, og om børn der sulter i Afrika, krig om tro og ejer et land, min familie, mine venner, min fremtid, min barndom, min tro!...mit hjem Grønland.

"Godmorgen!" siger morfar jeg svarer ham bare igen og spiser videre. Jeg gør mig klar til at tage af sted, vi tager vores tasker og madpakke og gevær med. Vi kommer ud fra båden og sejler vi med en gummibåd og hen til landet. Jeg er megaspændt på, om der overhovedet er nogle rensdyr!?. Vi skal gå meget langt, og det bliver lidt hårdt, men man kan bare nyde naturen og vejret, solen skinner i hvert fald.

Vi har gået ca. 4 km. Nu var det lidt hårdt først fordi man skal komme op til et bjerg. Da vi kom op på bjerget, så spiste vi lidt sådan så vi kan få lidt energi. Vi ser den smukke natur, der er solbær og blåbær og der er grønne planter. Man kan høre vandflod og fuglene fløjter, "jeg elsker mit hjem" siger morfar, "Ja, jeg kommer til at savne det her" jeg giver en kram til min morfar, efter en lille pause går vi videre. Jeg går bagved min morfar han gik jo lidt hurtigere end mig, men så lige pludselig stoppede han og gik ned til knæet også siger han "shh, prøv lige se der". Han peger over lidt mod højre, jeg kan se to små rensdyr de drikker ved vandfloden, man kan se de er søskende. Men så lige pludselig kigger den ene mod os! Den kan nemlig lugte os fordi det var lidt vind bagfra os, men så løb de væk. "Vi går bare videre så" siger morfar.

Jeg kiggede først på dem, og gik først videre da de var forsvandt.

Jeg kan se min morfar kommer op på endnu en bjerg han er omkring 300 - 400 meter langt væk fra mig, så jeg løber hen til ham og går videre. Der går lidt langt tid før, hvor vi ser nogle rensdyr. Der er få rensdyr; de er neden for bakken, men det er ene store hanner, og dem vil vi ikke have, fordi de er i brunstperioden, og der smager de meget dårligt. "Vi går bare videre så" siger min morfar og ser lidt skuffet ud. Vi går mod i et bjerg, jeg kigger rundt efter rensdyr, man skal virkelig fokusere når man jæger og man skal passe på.

Men så lige pludseligt så ser jeg en hvid hare ved en stor sten og den sidder. Jeg siger til min morfar, at der er en hvide hare derovre. Han stopper og kigger efter den. Vi kommer tættere på den, men den hopper væk, men ikke så langt væk den var kun omkring 30 meter væk. Den hopper videre og den stopper også hopper den videre, men så siger min morfar "Donna ved du godt, hvis man råber Iteq(numse) så sidder den, fordi den vil ikke vise sin Iteq(numse)". Og han råbte lige sådan "ITEQ!" og den sidder lige pludseligt, vi griner og går videre, jeg var lidt overrasket. Vi går omkring ved et kæmpe bjerg. Der var mange sten, der hvor vi gik. Vi snakkede om min fremtid og holder lidt øje med rensdyr. Imens jeg snakkede med ham så siger han, at jeg skal ti stille. Jeg spørger "Hvorfor skal jeg det?" Han siger "prøv se derover der er to rensdyr!" Vi bliver stille og kommer roligt tættere på dem. Det er en mor og en lille unge, jeg tog min gevær frem og går hen mod en sten og skjuler mig selv. Jeg trækker mit gevær og peger mod rensdyret. Jeg fokuser i kikkertsigtet og jeg har den på kornet "bang". Moren er død, som jeg skød.

Kaos

Anna Maria Kjelds

Jeg har lavet en teori om de ting jeg kan være sikre på. Du kender ikke fremtiden. Du kender kun til ting der er sket. At skibe kan synke. Blomster vil visne. Cigaretter kan dræbe os. Hun var en smule ødelagt. En smuk katastrofe. Præcis ligesom mig. Det sidste er jeg ikke engang sikker på. Ingen var sikre i noget når det gjaldt hende. Hun lod aldrig nogen komme for tæt på. Det var det der holdte hende i gang. Hun formodede at forvirrer alle. Det var en af de mange egenskaber jeg elskede og hadet hende for. Mest fordi hun også fik forvirret mig. Den ene dag strålede alt i hende, med en hvis glæde der ikke kunne beskrives. Næste dag tog hun et sug af en cigaret, hvorefter hun forsvandt bag en skygge af røg. Hun mente at man røg de ord væk, som blev ved med at danne sig i sit hoved. Hun havde derfor altid en tusch med sig og skrev et nyt ord på hver cigarret. Det var altid en gåde om hun var trist eller glad, da ordene aldrig havde noget med hinanden at gøre. Hun var lidt af en gåde i sig selv. En trist historier, som vi aldrig vil nævne for vores fremtidige kærester, da vi alle stadig er bitre over det ikke var os, der fik æren af at blive lukket ind.

Alle havde en klump i halsen, den aften nyheden spredte sig, fra hus til hus. Selv de som ikke kendte hende. De som ikke havde overværet hendes gråd og glæde og de som ikke så hende ryge de sidste ord. Det var dem der græd mest. Det var deres pligt, som hendes gamle lærer og naboer. Jeg græd ikke. Jeg kunne ikke, om jeg så ville. Det var mere ord, som samlede sig i en klump og lige meget hvor mange sug jeg tog, kunne jeg ikke få dem væk. De samles, dannes til nye og det var der jeg ikke længere var sikker på noget. Hun elskede ikke nogen af os. Hun manipulerede med vores tanke om den perfekte og mystiske pige, som vi alle drømte om ville elske en. Det gjorde ikke jeg elskede hende mindre. Det gjorde det blot svært at græde. Jeg røg mere den dag end nogensinde. Jeg røg hver eneste stavelse af ordene, men det føltes umuligt. Ligesom første gang jeg så hende og mine ord ikke længere gav mening. De blev bare til en knude i min hals, der ikke kunne komme op. Små ubetydelige bogstaver, sammensat så de aldrig ville kunne hamle op med hendes.

Jeg havde lagt mærke til hende helt fra starten af. Hun havde altid hendes mørke hår sat op i en høj hestehale, hvor hun glemte nogle enkelte lokker, der hang ned over hendes skuldre. Hendes ansigt var fint og rent. Med en uskyld, man kun kunne se, hvis man ikke kendte hende. Små fregner var skudt hen over hendes næse. Man siger at når man mister nogle, vil de forsvinder langsomt fra ens hukommelse. Man glemmer pludselig deres ansigt og stemme. Deres duft og de små ting de gjorde, som med tiden faldt en naturligt. Jeg glemmer aldrig hendes hæse og hårde stemme og hendes særlige duft - en blandingen af røg og billig parfume. Hun rynkede altid på næsen når hun grinte og når hun var ved at græde. Alle disse ting er jeg sikre på og mest af alt er jeg sikker på, at der aldrig ville være nok cigaretter, til at suge det uendelige kaos af ord, som fyldte hendes hoved. Jeg tror det var det der gik op for hende den nat.

De indlagte

Caroline Søborg

I det store hvide hus, som ligner et stort palæ, ligger opholdsstedet for psykisksyge, eller som mange mennesker ville kalde det, et sted for folk der er sindssyge i hovedet. Der er tre etager, alle beboerne bor alene, der er et opholdsrum, hvor de fleste indlagte opholder sig det meste af tiden, hvis de ikke spiser, eller de får et anfald. Der er 38 indlagte, de har alle forskelige sygedomme lige fra skizofreni til andre, mildere former for psykiske lidelser.

Det er en helt almindlig morgen, på opholdsstedet for psykiske syge i Horsens. Katrine sidder inde på sit værelse og læser en bog, det er "Harry Potter og flammernes pokal". Harry kan høre underlige lyde uden for familien Weasleys telt. Rons far kommer løbende ind i teltet og siger, at de skal skynde sig væk, der går dødsgardister udenfor. Katrine bladrer lidt irriteret videre i bogen.

Hun læser et par sider mere, indtil der kommer en af medarbejderne ind.

"Godmorgen Katrine" siger medarbejderen, som hedder Pernille

"Godmorgen" siger Katrine fraværende.

"Har du sovet godt?" spørger Pernille om med et smil.

Katrine vrisser ad Pernille og ser ned i hendes bog igen.

"Er det en god bog, du læser" spørger Pernille og går hen til Katrines seng og lægger en hånd på Katrines skulder. Katrine kigger vredt på Pernille.

"Gå Pernille, jeg læser" siger Katrine barnligt og giver hende et dræberblik. Pernille tager hendes hånd væk fra Katrines skulder, og træder et skridt tilbage.

"Tag det roligt Katrine. Jeg kommer bare ind for at give dig din medicin og sige til dig, at der snart er morgenmad. Du kan læse, efter vi har spist" siger Pernille strengt og går endnu et skridt tilbage

"GÅ DIG VEJ PERNILLE! DU SKAL IKKE, BESTEMME OVER MIG!" råber Katrine højt, går truende over mod Pernille

"Tag det nu roligt, Katrine" siger Pernille bange og prøver, at få Katrine til, at tage det roligt

"GÅ NU" råber Katrine og går truende over imod Pernille med et barberblad i hånden. Pernille trykker på en sikkerhedsknap og i samme sekund kommer der en masse personale og tager fat i Katrine. Hun ligger og råber og skriger, prøver på at komme fri, men det er umuligt. De giver Katrine en sprøjte med noget beroligende og lægger hende i sengen igen.

Pernille sætter sig ned ude på gangen, for at få lidt ro på.

"Er du okay" spørger Sam bekymret, som en af de andre medarbejder, sætter sig ned ved siden af hende.

"Ja, det er jeg" svarer Pernille og giver Sam et smil.

"Hun får kun anfaldene, fordi hun ikke har styr på sig selv " siger Sam.

"Det er meget forskelligt, nogle kan styre alle deres personlighedssider, selv om de har skizofreni, og nogle kan ikke styre nogle af deres personligheder, og det er sådan Katrine er" siger Sam og rejser sig op og går.

Katrine er kommet op igen, sidder i opholdsstuen og ser tv sammen med en af de andre beboere som hedder Emma. Hun er 30 år gammel. Hun opfører sig som en på 5 år. De sidder og ser bingo. Emma sidder og siger "BINGO", hver gang dem på tv siger et nummer.

Katrine kigger rundt i rummet og undrer sig over, hvor mange forskellige sygedomme de har, hun syntes det er sjovt at kigge rundt og se på, hvordan de andre opfører sig. Katrine bliver revet ud af sine tanker, da en af medarbejder siger, at de alle skal ind i aktivitetsrummet. Katrine sætter sig dovent og kigger ligegyldigt ud i luften.

Hun vågner fra sine tanker efter nogen tid, og kigger rundt i rummet og opdager, at alle de andre sidder og laver perleplader, så hun bestemmer, at hun også vil lave et par stykker.

Efter noget tid, hvor alle har lavet perleplader, skal de spise frokost. Alle pakker sammen, og går ind og spiser. Katrine går ind i spisesalen og sætter sig et tilfældigt sted. Sidder og tænker på den perleplade, hun lige her lavet. Hun vågner da en dreng som hedder Tim stikker en albue hårdt i siden

"Du skal sende maden videre" siger Tim irriteret til Katrine.

"Det må du undskylde" siger Katrine. Hun griner og smiler; tager lidt mad, for hun er ikke så sulten. Katrine sidder og spiser sin mad og nynner en tilfældig sang. Lige pludselig får Katrine et hårdt skub i baghovedet og slår hovedet lige ned i sin mad. Alle kigger på Katrine og griner, Tim griner hånligt og ser ned på hende, nogle af medarbejderne går hen og hjælper Katrine med at tørre maden væk fra hendes ansigt, og få glasskårene ud af hendes pande.

Katrine sidder og græder, og tager sig til hovedet, hun har fået en stor flænge i hovedbunden, fordi tallerkenen er gået i stykker. Sam kigger alvorligt på Tim

"Hvorfor gjorde du det Tim? Kan du ikke se, det gjorde rigtig ondt på Katrine?" spørger Sam og ser surt og alvorligt på Tim

"Hun tog ikke nok mad" svare Tim og prøver at forsvare sig selv

"Bare fordi, hun ikke tog nok mad, er der ingen grund til at gøre, så hun kommer til skade" siger Sam

"Gå ind på dit værelse og tænk over, hvad hun har gjort" tilføjer Sam. Sam følger Tim med ned på hans værelse, sammen med en af de andre medarbejder.

Katrine går, med en af medarbejderne ned til sygeplejersken og får syet den flænge i hovedbunden.

Katrine sidder i opholdsstuen og læser i hendes Harry Potter bog. Hun er helt opfanget af bogen, og forstiller sig, at hun er Harry Potter, og er inde i en labyrint og skal finde flammers pokal.

Katrine sidder med hendes Harry Potter kappe, briller og tryllestav. Og løber rundt på gangen og siger forskellige trylleformularer og svinger med tryllestaven. Folk omkring hende griner og peger fingre ad hende. Katrine kommer til at løbe i en af medarbejderne, som hedder Laura.

Katrine "vågner" stille og ser helt forvirret ud og kigger rundt.

"Hvor blev Voldemord af" spørger Katrine og bliver helt forvirret.

"Hvad snakker du om" siger Laura uforståeligt

"Nej, jeg kan ikke være tilbage, jeg skal tilbage jeg skal redde Cedric Diggory, han skal med tilbage" siger Katrine stadigvæk forvirret.

"Kom, vi skal spise" siger Laura og forstår ikke lige hvad der er sket.

Resten af aftenen sidder Katrine og spiller spil med Christian, Emma og nogle af medarbejderne.

Den næste dag, starter som alle andre, en medarbejder kommer ind og siger godmorgen til Katrine. I dag er Katrine i godt humør. Hun sidder også i dag, i sin seng og læser "Harry Potter og flammernes pokal", men i dag kan hun godt slippe bogen, da hun skal til morgenmad. Der er et stort postyr på gangen, da Katrine er på vej ned til spisesalen.

Katrine bliver nysgerrig og vil finde ud af, hvad der sker, men det skulle aldrig gjort. Da hun går længere ned ad gangen ser hun, Kamilla stå og råbe og skrige om, at de ikke skal røre hende. Kamilla er af de heldige personer, som er kommet ud herfra i 5 år, men nu er hun tilbage, fordi hun dræbte sin søster. Der stod 5 personer og holdt hende, men hun var stadig ved at komme fri.

Midt i optøjerne, trak Kamilla en lille kniv frem, og gik truende over imod Katrine. Katrine blev meget forskrækket og bange; vidste ikke, hvad hun skulle gøre, men medarbejderne fik hurtigt kniven ud af hendes hånd og løftede hende ind i et sikkerhedsrum. Det er et rum, hvor væggene er puder, så man ikke kan gøre skade på sig selv. Efter Katrine er kommet sig over chokket, går hun videre ned i spisesalen, for at få noget morgenmad.

Efter morgenmad går Katrine ned i fællesstuen for at se tv. Da Katrine kommer derned ser hun, at Emma naturligvis sidder i sofaen og ser bingo som altid, Katrine sætter sig hen til hende, tager fjernbetjeningen og skrifter kanal. Emma bliver meget sur og prøver på at få fjernbetjeningen tilbage, men Katrine tager fjernbetjeningen over på den anden side af sig selv.

Hun kigger på tv'et og ser, der er "Herkules". Det er Katrine yndlingsfilm; hun kigger interesseret på tv'er, hun er helt opslugt af filmen. Katrine kan mærke en varme. Den starter nede fra ryggen, kører op til hendes hovedet. Hun begynder at forstille sig Herkules' verden. Hun er Herkules og skal til at kæmpe mod et uhyre med fire hoveder, og mange beboer i storbyen Theben ser på for at se, om hun er en helt.

Hun trækker sit sværd, prøver det bedste hun har lært at slå det farlige uhyre ihjel, hun får slået alle tre hoveder af, og nu tror hun, at uhyret er død, men det rejser sig op igen. Denne gang har det seks hoveder, opgaven er lige blevet en hel del sværere, end hun første havde troet.

Hun prøver at slå flere hoveder af, men der kommer bare flere, hun prøver at sikke sværdet ind i uhyrets mave, men uhyret spiser hende, alle folk omkring uhyret er chokkerede og løber så hurtigt, de kan, for uhyret er efter dem. Men til alle overraskelse kommer der et sværd ud af uhyrets mave. Den dør og Herkules kommer ud.

Katrine "vågner" op, da hun kan høre alle grine af hende, hun kigger rundt og ser, at en står med en paraply i hånden og presser Kamilla op ad murren, Katrine hopper forskrækket et skridt tilbage, og Kamilla kigger vredt på Katrine

"Hvad fanden har du gang i? " spørger Kamilla surt.

Katrine siger ikke noget, hun tager bare flere skridt bagud, hun ved ikke, hvad hun skal sige, hun er stadig lidt bange for Kamilla, fordi hun ikke ved hvad, hun kan finde på.

"Hvad fanden har du gang i? " spørger Kamilla igen, nu endnu mere sur, og går truende imod Katrine.

"Undskyld" siger Katrine mumlende.

"Hvad sagde du" siger Kamilla højt.

"Undskyld, jeg så dig ikke" siger Katrine lidt højere.

"Folk med skizofreni, er sindssyge i hovedet" vrisser Kamilla og begynder at gå.

Men der er en, der tager hårdt fat i hendes skulder og vender hende om, det er Katrine, der er rigtig vred.

"HVAD VAR DET, DU SAGDE" råber Katrine højt. Kamilla vender sig om, hun trækker hendes skuldre til sig.

"JEG SAGDE, AT FOLK MED SKIZOFRENI ER SINDSSYGE I HOVEDET" råber Kamilla højt.

"JEG HAR IKKE SKIZOFRENI, JEG ER NORMAL" råber Katrine højt og frustreret og går et skridt tættere på Kamilla.

"VIL DU VIRKELIG KALDE DIG NORMAL, FOR DET ER DU LANGT FRA" råber Kamilla flabet og går et skridt tættere på Katrine.

De står nu helt tæt på hinanden og skal til at slå hinanden, men medarbejderne kommer løbende ind og tager fat i Katrine og Kamilla og følger dem ind i hver deres sikkerhedsrum.

Efter Katrine er faldet til ro igen, kommer hun og Kamilla op på forstanders kontor.

En af medarbejderne der har ført Katrine og Kamilla op på kontoret, åbner døren og viser dem ind.

"Så er de her begge" siger medarbejderen.

"Tak" siger forstanderen, der sidder med ryggen til dem og laver håndtegn til, at Katrine og Kamilla skal sætte sig ned.

"Ved I, hvorfor I er her? " spørger forstanderen stadig med ryggen til dem.

"Ja, Hr." svarer de begge i munden på hinanden. Forstanderen vender sig om og ser skarpt på dem begge. "I er her, fordi ikke kan enes med hinanden" bekræfter han. Forstanderen har en rynke i panden og brillerne er skubbet ned på næsen. Han lugter af tobaksrøg. Der bliver stille i lokalet, ingen tør sige noget. Efter lidt tid snakker begge piger i munden på hinanden og prøver, at forsvare sig selv. "I taler for døve øre, nu skal jeg fortælle jer, hvordan det bliver" siger forstanderen strengt.

Pigerne kommer begge sure ud fra forstanderen kontor, forstanderen har bestemt, at pigerne skal flytte på et værelse sammen. De kigger begge surt på hinanden, men siger ikke noget.

Katrine går ned på sit værelse for at rydde op. Hendes værelse er et dobbeltværelse, så Kamilla skal flytte ind på hendes. Imens Katrine rydder op på værelset, tænker hun på det, som Kamilla sagde tidligere i dag, det med at Katrine har skizofreni. Det kan ikke passe, jeg har skizofreni, jeg er ligesom alle andre, det er jeg sikker på.

Katrine opdager, at Kamilla står inde på værelset med hendes ting og stadig ser sur ud. Kamilla går hen til hendes nye seng og ligger hendes ting, går ud igen og de skal til aftensmad.

Kamilla har fået pakket sine ting ud, hun sidder og spiller guitar. Det er ved at være sengetid. Katrine sidder og læser i sin Harry Potter bog, hun er lige begyndt på 5'eren. En medarbejder kommer ind på værelset, siger godnat og slukker alt lys. Katrine og Kamilla lægger deres ting til side og ligger sig i deres seng. Der er ingen, der siger noget.

"Hvorfor sagde du til mig tidligere i dag, at jeg har skizofreni" spørger Katrine efter lidt tids stilhed.

"Fordi du har skizofreni, vidste du ikke det" spørger Kamilla undrende efter lidt tid.

"Nej, det er der ingen, der har sagt til mig, da jeg kom her første gang, kom politiet med mig og sagde, at jeg skulle være her for noget tid" siger Katrine vrissende. Der er noget, der gør Katrine så sur, hver gang hun snakker med Kamilla.

"Men hvor ved du fra, at jeg har skizofreni, hvis vi nu siger, jeg har" spørger Katrine irriteret.

"Fordi min mor havde skizofreni, hun var ligesom dig, før hun kom i behandling" svarer Kamilla, med ryggen vendt mod Katrine.

Det er en ny dag og dagen starter med, at en medarbejder kommer ind til Katrine og Kamilla med deres piller og siger godmorgen. Katrine er som sædvanligt allerede oppe, hun sidder og læser i sin bog. Imens sover Kamilla stadig, så medarbejderen er nødt til at vække hende. Kamilla kigger surt på medarbejderen, da hun vågner.

"Hvorfor skal jeg op nu" spørger hun gnavent.

"Fordi der er morgenmad om 10 min." svarer medarbejderen og snakker lidt med Katrine.

"Men jeg gider ikke op, jeg har sovet forfærdeligt, fordi der var en, der snorkede hele natten" beklager Kamilla sig og kigger ondt på Katrine, hvorefter hun putter sig under dynen.

"Det var ikke mig som snorkede" siger Katrine og prøver at forsvare sig selv.

"Jo, det var, for der er ikke andre der sover i dette rum" vrisser Kamilla og vælger at stå op, for hun kan høre sin mave rumle.

"Nej, det var da ej" vrisser Katrine igen.

"JO, DET VAR SÅ" råber Kamilla, mens hun går truende over imod Katrine.

"NEJ, DET VAR EJ, FOR JEG SNORKER IKKE, DET VED JEG" råber Katrine og går truende over imod Kamilla.

"JO, FOR HVEM KUNNE DET ELLERS VÆRE" råber Kamilla lige op i Katrines hoved. Kamilla skal lige til at slå Katrine, men der er en, som har trykket på knappen, så alle de andre medarbejdere når lige at komme ind og tager fat i Kamilla og Katrine. De tager Katrine med op til morgenmad, så Kamilla kan slappe af igen.

Til morgenmad får de alle at vide, at de skal på tur i dag, det er noget, de er en gang om måneden, denne her gang skal de over i en stor park i den nærmest by. Katrine glæder sig rigtig meget.

Da de alle kommer ud af bussen, siger en af medarbejderne, at de skal stille sig i en stor rundkreds, en anden siger, hvad de må og ikke må, men Katrine hører ikke efter, hun står og kigger på de store flotte træer. Katrine kan mærke en, der prikker hende på skulderen, hun kigger til siden og opdager, at det er Tim, som står med et smørret smil på læben, Katrine løfter forvirret øjenbrynet.

"Jeg vil vædde på, at du ikke kan klatre op i det der træ" siger Tim og peger på det største træ i parken. Katrine ser op på det store træ og synker en klump, det er rigtigt stort.

"Jo, jeg kan, se bare" svarer Katrine stramt. Jeg er ikke en bangebuks, jeg skal gøre det, tænker hun, imens kigger op på træet.

Hun går hen til træet, kigger hen på de andre, men medarbejderne forklarer stadig, hvad vi må og ikke må. Katrine tager fat i den første gren, hun kan se og hiver sig selv op, og så er hun ellers oppe i træet. Der er rent faktisk ikke så svært at komme op i træet, som det så ud til. Der går kun få minutter, før Katrine er halvejs og kigger ned på Tim, men bliver så bange, da hun ser, hvor højt hun er oppe, hun klamrer sig til træet og tør ikke tage et skridt mere.

Katrine græder, hun er virkelig bange. Nede på jorden står Tim og ser på, han kan se, at Katrine er bange, han skynder sig at klatre de få meter op i træet for at hjælpe Katrine. Da Katrine kommer ned fra træet, krammer hun Tim og takker ham mange gange.

Det er blevet aften. Alle beboerne har fået aftensmad, Kamilla og Katrine sidder begge på deres værelse sammen og læser i hver deres bog, de har ikke snakket sammen i dag udover i morges, og det er både Katrine og Kamilla glade for. Katrine er helt opslugt af sin bog, lige indtil hun får en bog i hovedet, Katrine kigger hurtigt op og ser over på Kamilla.

"Hvad skulle det til for?" spørger Katrine surt og tager ømt en hånd op til hovedet.

"Jeg prøvede at komme i kontakt med dig og du reagerede ikke, så jeg blev nødt til at kaste en bog i hovedet på dig for at komme i kontakt med dig" svarer Kamilla og smiler sjovt.

"Nå okay, men hvad vil du mig?" spørger Katrine surt.

"Du ved, i går aftes snakkede vi om, at du har skizofreni, og du blev ved med at sige, at du ikke har, men nu har jeg beviser...." siger Kamilla og smiler.

"For det første har jeg ikke skizofreni, for det andet, hvordan har du beviser på noget, jeg ikke har" spørger Katrine nysgerrigt.

" Jeg har holdt øje med dig i dag " svarer Kamilla og ignorerer det første, Katrine sagde.

"Jo, nu skal du høre. Første bevis: du virker til at være sød og venlig og lader som, om du er "normal". Det er en af de ting, de fleste med skizofreni har. Andet bevis: du har meget let ved at blive sur og vred og i det hele tager skifter du meget hurtigt humør, det er også meget karakteristisk for folk med skizofreni. Tredje bevis: du har meget let ved at leve dig ind i film, og jeg er sikker på, at du også flere gange har levet dig ind i de bøger, du læser, det er også meget karakteristisk for folk med din sygdom. Og det sidste bevis: du har meget let til tårer, tidligere i dag så jeg, at du var oppe i det der træ begyndte og at græde, og du var kun få meter over jorden.

Jeg har også hørt om en anden episode, hvor du græd, bare fordi du fik en tallerken i hovedet", siger Kamilla argumenterende. Katrine ser helt forvirret ud, kan det virkelig være rigtigt, har jeg virkelig skizofreni, det kan jo godt være rigtigt, for når jeg tænker efter, er det lige præcis det, jeg reagerer på de forskellige ting, tænker Katrine, imens hun står og kigger ud i luften.

"Hør jeg siger alt det her til dig, ikke fordi jeg vil dømme dig, men fordi jeg gerne vil hjælpe dig til at få styr på de forskellige personer, du har inde i dig" siger Kamilla smilende efter lidt tid.

"Men hvorfor vil du hjælpe mig, du hader mig" spørger Katrine.

"Jeg vil hjælpe dig, fordi du har være herinde i 10 år, og jeg synes det er på tide, at du får styr på dig selv, så du kan leve et normalt liv. Og jeg hader dig ikke, der er bare et eller andet over dig, som let gør mig irriteret på dig" svarer Kamilla ærligt. Katrine ved ikke, hvad hun skal sige, hun er målløs.

"Så hvordan vil du hjælpe mig? " spørger Katrine undrende, efter hun er kommet sig.

"Jeg vil som sagt hjælpe dig ved at tage en af dine "personer" og så lære dig at få styr på den" svarer Kamilla smilende.

"Okay, men hvordan ved du, hvad man skal gøre for at få "personerne" væk" spørger Katrine stadig undrende.

"Jeg ved, det fordi min mor havde skizofreni og en psykolog hjalp hende ved nogle forskellige metoder, jeg sad og skrev de metoder ned" svarer Kamilla.

"Okay, så lad os komme i gang" siger Katrine med et stort smil.

"Okay, det starter med at få styr på din temperaments-fulde person, ikke at den skal væk, men den bliver en del af dig som person" starter Kamilla ud og går over til hendes seng, mens hun roder i en skuffe efter noget. "Det vi skal starte med, er at give din temperaments-fulde "person" et navn", starter Kamilla ud med og sidder og tænker på et navn.

"Hvad med Nanna" spørger Katrine efter også at have tænkt.

"Ja, Nanna er et fint navn" svarer Kamilla. Kamilla kigger ned på hendes seddel.

"Det næste vi skal, er at få dig til, at lægge mærke til hvornår du bliver sur og vred" siger Kamilla.

"Okay, det kan jeg godt prøve" siger Katrine. Efter lidt tid kommer der en af medarbejderne ind, og siger til dem begge, at der er middagsmad.

Efter middagsmaden går Katrine ned i aktivitets-rummet sammen med nogle af de andre for at klippe noget pynt til de forskellige stuer, da det snart er påske. Katrine sidder og snakker med Denise, imens hun klipper en hvid høne. Kamilla kommer ind i aktivitetsrummet og sætter sig et tilfældigt sted, mens kigger ud over flokken af mennesker.

Katrine er på vej over til et andet bord for at hente en saks og går forbi Kamilla, men Kamilla spænder ben for Katrine. Nu ligger hun på jorden, så lang hun er, Kamilla griner højt af hende, og det gør, at alle de andre indlagte, og en af medarbejderne hjælper Katrine op. Katrine kigger surt på Kamilla og går hen til hende og skubber hende hårdt i ryggen.

"Hvad fanden skulle det til for?" spørger Katrine rasende og skubber Kamilla igen. Kamilla trækker på skuldrene og begynder at"

"HVAD FANDEN SKULLE DET TIL FOR, SVAR MIG SÅ" råber Katrine.

"Prøver bare og hjælpe dig" svarer Kamilla helt roligt.

"HVORDAN KAN DET HJÆLPE MIG AT SPÆNDE BEN FOR MIG" råber Katrine.

"Hvad føler du lige nu? " spørger Kamilla stadig roligt.

"HVAD? " råber Katrine uforståeligt.

"Hvad føler du lige nu? " spørger Kamilla igen.

"Jeg føler mig sur og vred" svarer Katrine ærligt

"Hvorfor? " spørger Kamilla

"Fordi du spændte ben for mig" svarer Katrine stadig uforståeligt.

"Men tror du jeg gjorde det med vilje? " spørger Kamilla.

"Det ved jeg ikke" svarer Katrine.

"Kan du se, hvad jeg mener? " spørger Kamilla og smiler.

"Nej, hvad er det, du prøver på? " spørger Katrine.

"Du skal ikke blive sur og vred på personer, før du ved, om det de gør ved eller siger til dig, er med vilje, for det meste gør mennesker noget slemt, som er med vilje. Så hver gang du bliver vred, så spørg dig selv, om personen gør det med vilje, for det er næsten aldrig med vilje " svarer Kamilla og går ud af rummet.

De næste par timer sidder Katrine og tænker på alt det, Kamilla har sagt til hende med at styre sin vrede og hun synes, det hele giver mening.

De næste par dag giver Kamilla Katrine flere ting, så hun lærer at styre sin vrede og hun lærer hende også styre sin søde og venlige side, som nu hedder Lulu. Katrine sidder i dagligstuen og skal til at se en film sammen med Kamilla, så hun kan lære og styre sin fantasi, så Kamilla sætter "den lille havfrue" på.

"Okay, Katrine, hvad synes du vi skal kalde den her "person"? " spørger Kamilla og prøver og få videoen i gang.

"Jeg synes, "personen" skal hede Hanna" svarer Katrine.

"Okay, kan du huske, hvad du skal? " spøger Kamilla og smiler.

" Ja, jeg skal tænke, at det bare er en film, og jeg ikke er med i filmen" svarer Katrine stolt.

"Okay, godt husket. Nu skal du virkelig koncentrere dig " siger Kamilla alvorligt og sætter filmen i gang.

De er godt i gang med filmen, Katrine kæmper meget for ikke at få et anfald. Katrine er meget spændt i kroppen, hun sidder og gnider sine fingere imod hinanden og knækker fingre og af ren refleks sidder hun og vipper med foden. Filmen er endelig færdig. Katrine har kæmpet en brav kamp, hun har kun fået et anfald, det er rigtig godt klaret, synes både Kamilla og Katrine.

Kamilla siger, de skal se nogle flere film, og denne gang giver Kamilla Katrine nogle flere strategier, så det måske kan hjælpe Katrine mere.

Der går en dag mere, hvor de arbejder med Katrines fantasi, så hun kan få styr på den. I dag skal de så arbejde med Katrines følsomme side, det er den, hun har sværest ved at styre, så det er noget af en opgave for Kamilla. Kamilla er lige stået op, så hun venter på at Katrine skal stå op. Imens Kamilla venter på Katrine, sidder hun og tænker på, hvordan Katrine skal få styr på sin følsomme side.

Efter lidt tid står Kamilla op, hun har tænkt, at i dag skal Katrine ikke vide noget om, hvilke udfordringer der kommer til hende i dag. Kamilla trækker i tøjet og går ud på gangen for at finde Tim og Emma, som skal hjælpe hende i dag.

Katrine er lige stået op og kigger rundt på værelset, men der er ingen Kamilla at se. Katrine trækker på skuldrene og tænker, at hun er stået op og er gået til morgenmad, så Katrine står op, tager hendes piller, kommer i noget tøj og går til morgenmad.

Katrine finder Kamilla nede i spisesalen og sætter sig ved hende, Tim, Emma og Denise. Katrine sidder og snakker med Kamilla om, hvordan hun kan få styr på sine følelser, og Kamilla giver hende nogle strategier.

Efter morgenmaden går Katrine ned i opholdsrummet, hun finder Emma på hendes sædvanlige sted, men i dag vil Katrine spørge Emma, om hun ikke har lyst til at spille et spil sammen, det vil Emma godt.

Emma går over og finder et spil, men Emma kommer til at tabe spillet over Katrines fod. Katrine kommer med et stort hyl og kan mærke, at tårerne er ved at samle sig i øjenkrogene, men Katrine tænker på de strategier, hun snakkede om med Kamilla til morgenmaden. Efter lidt tid får hun styr på sig selv, og de sætter sig ned og spiller.

Efter middagsmaden er Katrine på vej til sit og Kamillas værelse, da hun støder på Tim, som har en kørestol foran sig.

"Hej Tim, hvad skal du med den der kørestol" spørger Katrine og smiler.

"Hej Katrine, jeg har tænkt, at køre res på gangen. Vil du være med?" spørger Tim og smiler.

"Ja, hvorfor ikke" svarer Katrine.

"Okay, du starter" siger Tim. Katrine sætter sig op på kørestolen. Tim begynder at løbe, det går rigtig hurtigt. De kommer hen til enden af gangen, hvor de skal dreje, men Tim kan ikke komme til at dreje, fordi de kører for stærkt, så Katrine trækker hårdt i bremsen, så de begge rammen muren og falder ud af kørestolen.

Katrine skal til at græde, men kommer til at tænke på, hvad Kamilla sagde til hende til morgenmaden. Kamilla kommer gående hen af gangen og hjælper Katrine og Tim.

"Er I okay?" spørger Kamilla bekymret.

"Ja, det tror jeg", svarer Katrine. Kamilla og Tim giver hinanden high five, og Katrine kigger uforstående på dem.

"Katrine, jeg har en god nyhed, jeg har snakket med psykologen og har aftalt et møde med hende senere i dag for at se, om du har styr på din skizofreni" siger Kamilla glædeligt.

"Tror du virkelig, jeg er klar til at komme ud herfra" spørger Katrine med et smil i stemmen.

"Ja, det tror jeg, skal vi gå ned og pakke dine ting" spørger Kamilla glad.

Katrine sidder ude foran psykologens kontor, hun er rigtig nervøs, hun ved ikke, hvad der skal ske inde på psykologens kontor. Efter lidt tid kommer psykologens medhjælper ud og siger, at hun gerne må komme ind.

Da Katrine kommer ind i rummet, sidder en psykolog med kedeligt tøj og briller på. Ved siden af hende sidder den strenge forstander. Katrine sætter sig ned på stolen foran dem begge. Psykologen giver Katrine nogle forskelige udfordringer, alle de ting hun har arbejdet med Kamilla, efter de er færdige sender de Katrine ud af rummet igen.

Katrine går nervøst rundt, hun tror, hun har klaret det okay, det føler hun selv. Efter lidt tid kommer psykologens medhjælper ud igen og siger igen, at hun godt må komme ind.

"Det klarede du godt" starter forstanderen strengt.

"Tak Hr. " svarer Katrine og synker en klump.

"Derfor har vi også bestemt, at du må komme uden for disse mure" siger forstanderen strengt, dog med et lille smil.

"Men jeg vil komme og tjekke op på dig en gang om måneden" siger psykologen og smiler. Katrine hopper op af stolen af glæde.

"Tak, tak, tusinde tak, det vil I ikke fortryde" siger Katrine og løber ud af døren, hun skal finde Kamilla og fortælle hende de gode nyheder.

Katrine står med to kufferter i hænderne og smiler stort, alle de andre indlagte står bag hende og vinker, en af medarbejderne åbner døren til friheden for hende. Katrine tager nervøst et skridt ud i friheden og sukker lettet, hun ved, hun kan klare det, takket være Kamilla.

Mindernes kraft

Sofie Jensen

Jeg står og kigger på gården, men intet er, som det plejer. På en måde er det hele fremmed, og på en anden måde er det så velkendt, som om man bare kan gå ind, og alt ville være ved det gamle. Jeg står bare for enden af den snoede markvej og ser på gården. Ingen ved, at jeg er her ved hendes gamle opholdssted, jeg går tit herhen for at drømme mig tilbage til vores liv i det hus, vores barndom. De 15 km gang det tager at komme hen til gården gør ikke noget, for når jeg når frem, giver det mening, det gør det hver gang. Men stedet bliver stadig mere og mere fremmed, som tiden går. Jeg står og forstiller mig lugten af huset, som altid lugtede af krydderier, af Asien, af hygge, duftene bliver sværere at erindre for hver dag, der går. Jeg forstiller mig dukkerne fra Thailand, som hænger ned fra loftet. Alle postkortene fra de varme lande. Jeg ser Mickael for mig, han sidder, som han plejer og leger med biler på gulvet. Men det var længe siden, at han har siddet der på gulvet dybt koncentreret i sin leg. Jeg forstiller mig ilden i pejsen, som skaber den romantiske stemning, der var fremherskende i hele huset. Jeg forstiller mig at gå op af den hvide vindeltrappe og forsætte mod hendes værelse som så ofte før. At åbne døren, hvor hun som sædvanligt sidder ved sit skrivebog, midt i en collage omgivet af hesteplakater. Værelset er som sædvanligt helt opryddet, intet ligger tilfældigt, dukkehuset står som det plejer - ikke fordi vi ikke for længst var blevet for gamle til at lege med dukker. Det står der stadig som et symbol på vores næsten afsluttede barndom, men også fordi hun ikke kunne finde en god måde at fortælle sin mor, at hun var blevet for gammel til at lege med dukker. Hver gang hendes mor kom og besøgte hende på gården for enden af den snoede markvej, havde moren noget til dukkehuset med, som en lille forsoningsgave, en undskyldning, for at hun glemte deres aftaler. På pigens værelse står hendes hvide Ikea seng, den kan skubbes ud og ind. Der er ikke tal på, hvor mange gange, vi har ligget i den seng og snakket til langt ud på natten. For enden af sengen står et bord med et lille buddhistisk tempel, en Buddha og andre ting, som pigen har taget med tilbage fra Thailand. Men nu står jeg her ved markvejen og kigger på det hus, der er så fyldt af minder, gode minder og dårlige minder, en del af min barndom, en del af pigens barndom. I dette hus har vi grædt, vi har grinet, vi har danset, sunget og vi har leget. Men børn er vi ikke mere, eller det er vi vel, men ikke sådan rigtigt, ikke ligesom den gang. Jeg vil ønske, jeg kunne sige, at vi ikke har oplevet noget modgang i livet, vi bare har været børn uden bekymringer og problemer, men det var langt fra sandheden. Det mest stabile i vores liv var hinanden. Jeg forstiller mig hendes fantastiske beretninger om Thailand, om varmen, om vandet, om befolkningen, og restauranterne. Når vi blev ældre, skulle vi rejse der hen sammen med hendes plejemor, men den plan bristede sammen med vores barnlige sind. Jeg mindes vejen til kirken, stemningen i bilen. Vi har accepteret, at vores liv endnu engang er blevet vendt på hoved. Stemningen er ikke så trist, som jeg har forventet, for er der en ting, vi kan, så er det at overleve.

Inde i kirken sætter vi på forreste række, her er færre mennesker end forventet. Plejemoren ligger der i den hvid kiste. Kisten er smuk med et bjerg af roser på.

Digte

Sofie Jensen

Verden larmer
men det er bare så tomt
så meningsløst.
Jeg griber ud efter håbet,
men for sent.
Altid for sent.
Jeg er i tomgang -
en evig tomgang.
Et tæppe af ulykke spreder jeg om mig.
En ødelagt sjæl.
Tiden går, men jeg står stille,
som forstenet.
Verdens snurren efterlader mig omtumlet,
alene i verden.
Den larmer,
verden, den larmer -
den trommer
den snøfter
den klikker
den skriger

den hvisker
den skratter
den knækker
og den knirker så skrækkeligt.

Et lydløst skrig
En larmende stilhed
En altoverdøvende hvisken
Verden smuldrer
Hun higer sig fast
Men uden et fundament

Der er ingen vej tilbage
Ude af stand til at flygte
Et helvede på denne jord
Verdens farver er forsvundet
Et lydløst skrig
Sagte skridt

Hun eksploderer snart
Ødelægger alt på sin vej
Normerne hun snart har glemt
Hadet fylder hendes krop
Nederlag på nederlag
Et lydløst skrig
En stum hulken

Overlevelsen vægter over livet
Det har det den gjort alt for længe

Overlevelsen er ligegyldig nu
For håbet det forsvandt
Den stærkeste overlever
Men hun var ej stærk mere
Et lydløst skrig
 En larmende stilhed
En altoverdøvende visken
Sagte skridt
En stum hulken
Det sidste åndedrag

Nu knæler folk for hendes sten
Krokodilletåre i massevis
Hun ligger der helt mælkehvid
For ung til at give op
For ødelagt til at blive her
På dette gudsforladte sted.

Englesang
Mon du flyver rundt deroppe over skyerne?
Mon du har store flotte vinger?
Mon de glimter i solens skær?
Mon du nogle gange kigger ned?
Mon du holder du hånden over hende?
Jeg tror, hun mangler dig.
Mon du holder hånden over ham?
Jeg ved, at han mangler dig.

Mon der er smukt, der hvor du bor?

Var der nogle, du kendte?
Var rejsen rar?
Var der englesang?
Mon du har fundet dig til rette?
Mon du ærgrer dig over, du ikke ku' blive?

Mon du så alt den uretfærdighed, der skete?
Mon du kan se hans smil?
Han spiller godt, synes du ik'?
Mon det vil gå ham godt på livets vej?
Det håber jeg.

Mon du vidste, du skulle at sted?
Det tror jeg, at du vidste.
Prøvede du at skåne os, for livets realiteter?
Hvorfor sagde du ikke noget?
Mon du hørte hendes gråd?
Mon du så hans blik?
Mon ...??

Haikudigt forår
Lysets som frembrød
De farverige blade
Den smeltende sne

Forladt i mørket
Alene i verdenen
Kan du se det lys?

Kortprosa

Sofie Jensen

I samme net

Der ligger 8 klementiner på bordet, de er alle sammen i det samme net. De er blevet lagt i nettet som den præcis samme frugt. De ligger allesammen i nettet og ser helt ens ud, men under skallen er de alle forskellige.

Hvis man tager sig tid til at kigge nøje på dem og skrælle dem, vil nogle gemme på et rent og et flot indre, og nogle har engang været søde og saftfulde, men ingen har taget sig tid til at skrælle dem, og finde ud af hvad der er under den skal, der beskytter dem fra slag, og nu er saften og kraften taget helt og aldeles ud af spil. Klementinen ligger der med sin fine skal og sit indskrumpede indre. Sådan er det vel også med mennesker, vi starter i samme net, hvorefter vi ligeså stille bliver omfordelt. Nogle har selv bestemt hvilken frugt, de vil ligne mest, og andre er bare blevet placeret der. Det er så uhyggeligt svært at skifte net uden hjælp, fordi af nettet holder en tilbage, kan man gå fra at være en indskrumpet klementin til en stor og saftig appelsin? Men nogle af os er der aldrig nogle, der piller skrællen af, og finder det smukke frem, som er bag hver en skal. Nogle mennesker får med det samme pillet skrællen af og må ligge blottet for omverden, uden de har lyst til det. Så alle ved, hvem de er og kender alle deres mørkeste hemmeligheder. Der er også mennesker, der har kerner, der ligesom klementinerne med kerner, bliver mindre værdsat og billigere at købe, simpelthen, fordi vi sætter mindre pris på dem. Menneskerne med kernerne, bliver også alle sammen lagt i det sammen net, om det så er kontanthjælpsmodtageren, barnet med ADHD, eller den psykisksyge, ikke fordi det altid er svært at fjerne kernerne, men det kræver, at nogle tager sig tid til det, og det er så meget lettere at forholde sig til frugterne i ens eget net.

Jeg forstår det ikke

En dunkende rytme i mit hoved, fra mit hjertets hårde slag.

Jeg kigger på hende og kan mærke vreden, der bruser igennem mig.

Hendes smil virker så uskyldigt og perfekt. En djævledronning, hendes lyse lokker er sat i en perfekt knold, hun er forklædt i en blomstret kjole. Hun taler med de omkringværende piger, der står til hendes trotjeneste. De svæver langsomt rundt om hende, mens de taler lavmælt. Hver eneste gang dronningen taler, bliver der stille, de kigger på hende med frygt, men også med stor respekt, som om hun er ved at sige noget fantastisk, og ikke bare hvad hendes nye neglelak hedder eller noget i den stil.

Jeg betragter hende også med en blanding af dybt had og respekt. Jeg kan stadig ikke begribe, hvordan hun gjorde. Hvordan hun blev leder af det hele, jeg forstår det simpelthen ikke. Jeg har tænkt over det så mange gange, vendt og drejet det i evigheder. Hvordan kan man få overbevist så mange om, at man er bedre end dem. Jeg har lagt utallige planer, for at komme op på rangordenen og få dronningen ned af den, med hun er bare så meget bedre til det her spil end mig. Jeg forstår det ikke.

Det løber mig koldt ned af ryggen, da mine tanker bliver afbrudt, at hendes høje latterbrøl, de andre griner også, men hun griner altid højest, altid.

Indstilling

Hvad skal jeg sige? Jeg tror, det bliver svært ...., æhm måske umuligt..., nej ikke umuligt, er det ikke det, de siger, alt er muligt....?
Man sidder der som en nikkedukke og tror, det er sandheden i livet, at alt er muligt, indtil livets realitet rammer en med et brag, og lader en ligge trøstesløst på jorden.

Det er måske ikke så indviklet endda?

Bare så mørkt og trist.

Nej, det er måske ikke så mørkt og trist, måske har jeg bare den forkerte indstilling til det hele? Alt handler om indstilling, eller det siger de i hvert fald, og de har vel ret - men.... Det kan måske bare være lidt svært at

finde de fucking positive ting i denne ensomme verden.
Det er egentligt ikke verden, der er ensom, bare mig, lille dystre mig.
Jeg er en stille pige, flittig pige, sød pige.
Men de skulle bare vide, hvor tæt jeg er på at eksplodere.
Hvor meget jeg har lyst til at skrige.
Hvis de bare vidste, hvor larmende mit hoved er, hvor uudholdeligt det er, at være inde i mig.
Men det er der ingen, der ved. Ikke fordi de aldrig har spurgt, for det har de. Lærere, der kigger på mig med det blik, der bare viser, at de tror man er unormal, underlig, og de regner med, at man bryder sammen i gråd og fortæller den ene forfærdelige historie efter den anden. Når man så svarer, det går fint, bliver deres blik lettet, så skal de ikke i gang med nogle store pædagogiske bedrifter, og de kan ånde lettet op og fortælle sig selv, at de prøvede.

Lægens venteværelse

En hel normal tirsdag, eller ikke helt normal alligevel. En fantastisk nervøsitet sitrede igennem min krop, Som at være inde i en lille boble af håb. Men også en nervøsitet for om jeg kunne klare det store ansvar, jeg nu ville blive underlagt. Eller om det hele bare var en fejl, at jeg ikke ville få ansvaret alligevel. Men det føltes rigtig, som om der var noget, som ikke var, som det plejede at være. Som en lille glæde, der langsomt voksede i maven på mig.

111

Jeg kiggede rundt, jeg så på alle menneskerne. De fleste med et klart udtryk af lykke. Der sad en teenagepige overfor, med et gigantisk håb, der lyste ud af hende. Hun holdte sin kæreste i hånden, der sad ved siden af hende. Hendes kæreste virkede ikke helt ligeså tilfreds med det hele. Man kunne se på ham, at han prøvede, han prøvede virkelig at virke som om, han ikke var decideret bange, men det var han. Han kunne ikke skjule det. Pigens afblegede hår gik ned til hendes mave, der var totalt malplaceret på hendes krop, jeg ville gætte på, at hun var i 4 mdr. men jeg ved det ikke.

Jeg tænkte vredt ved mig selv, at børn ikke burde få børn. Egentligt var det lidt fejt, men da jeg sad der og observerede dem, fik jeg en fornemmelse af, det her nok skulle gå, hvis de kunne, så kunne jeg i hvert i fald også, bare ved at se på dem var jeg helt sikker på, hvem de var, eller det troede jeg i hvert fald.

Døren ind til lægens rum gik op, en mand og en dame kom ud. Manden var tydeligvist vred, men han prøvede desperat at styrer sit temperament. Han sagde lavt, men højt nok til at alle kunne høre det. "Kan du ikke bare få den åndsvage abort". Damens stemme var spinkel. "Det er et levende menneske", hulkede hun. Mere af samtalen nåede jeg ikke at høre, før de var langt væk.

Øjeblikke

Tobias Hermann Larsen

Hav kan bruse
Selv vind og storm kan suse
For mine ører
Men i disse sekunder
Minutter
Hendes stemme
Forbliver alt jeg ønsker at høre
Man søger det tit
Men finder det sjældent
Et øjeblik
Som det første kys der burde
Have varet utallige år
Den første gang jeg mærkede
Hvor blidt hendes hjerte
Det slår
Når det slår
I takt med mit
Så ømt
Og så enigt
Det er disse øjeblikke
De burde vare evigt.

I morgen

Tobias Hermann Larsen

Jeg er ikke mere i dag
End jeg var i går
Og i går var jeg ikke mere
End jeg var dagen før
I går
Men i morgen
I morgen skal jeg være mere end det
Som jeg var i går
I morgen vil chefen ringe
Jeg vil ikke svare
Han vil klage og true
Med fyresedler
Kontanttab der ikke er rare
Men i morgen
I morgen vil jeg være fri
I morgen er jeg ikke hjemme
Slipselænken har jeg glemt at tage på
I morgen
Har jeg efterladt den derhjemme
Sammen med min stressdæmper medicin
Ej at forglemme
Og i morgen skal jeg være fri
Og mere
End jeg var det i går
Men i morgen vil min kone vække mig
Jeg vil vende mig
Men stadig høre ord for ord

Den kedelige sandhed
At i morgen er det lønningsdag
Og i øvrigt også ungens fødselsdag
Nævne det ton af ting
Vi nu skal ha'
Jeg vil smile
Jeg vil nikke
Men også opfange de ord
Der ligger under
Ordet:
"At i morgen
 Bliver jeg heller ikke mere
End jeg var i går
Og det er tværtimod pligt
Og ikke frihed
Jeg har scoret"

Til Mennesket

Tobias Hermann Larsen

Det er såmænd ikke så meget
Men bare en tanke jeg fik
At hvert et menneske ikke lever
Som det bør
Efter moral og logik
Blot en tanke jeg fik
Om hærværk
Krig og mord og om had
Gjort i navnet på guder
Som forblændede sjæle
Foragteligt tilbad
Og som de tilbeder endnu
Men under nyere
Og mere forkringlede navne
Tro mig menneske
Din Regering
Din slavepisker
De er sjæleløse
De kan hverken mand eller kvinde gavne
Og om dit liv vil de flokkes
Som sorte dyr
Ligesom sværmende ravne
Vid blot
At de ser guld i lænker
I sjæleliv
Som mange hjerter vil savne

VID menneske
At du må stå fast
Retten til at leve
Er kampen
Og byrden der ligger
Hvert åndedrag på jorden til last

Når døden banker på

Tobias Hermann Larsen

D et var som et dødsbo burde være - også selvom det ikke endnu var blevet til et. Mismodet var der, og endda ganske tydeligt. Det hang så tungt i luften. Hjemmehjælperen havde kunne mærke det, da hun trådte over dørtrinnet til den lille rønne, der lå dér - ensomt i skovbrynet. Følelsen af mismodet og døden i sig selv havde allerede berørt hende, da hun øjnede den lille bolig udefra; bag rattet i sin bil. Trækronerne, der hang ubevægeligt foroven, beskyggede huset og fastlagde dermed ubestrideligt stemningen med sine mørke, tomme skygger. Skygger så tomme og så mørke, at de nærmest råbte ordet "død" med deres tavshed.

Og da hun trådte indendørs, var der intet - ikke en genstand, ikke en duft i luften - som kunne lægge forandring til denne stemning. Hun mavede sig vej gennem det tætstående sortiment af tilstøvede møbler for at finde sin objektet for sin opgave - for at finde den døende. En undren meldte sig hurtigt: Hvor i alverden var han? Og hvor i alverden var de børn, der burde efter skik og moral være tilstede for at fortrøste deres svagelige far med omsorg i denne tid? Der var ingen.

Alt var tomt - eller sådan troede hun. Et host gav pludseligt genlyd gennem hele rønnen. Ikke et host som fra en almindelig sygelig, men et forgrædt, ængsteligt host fra et menneske, der godt selv er klar over, hvad der er i vente om, hvad der måske kunne gå hen at blive blot et kort, spinkelt øjeblik.

Døren indtil rummet, hvorfra hostet havde lydt, stod på klem. Hjemmehjælperen gik ind og så, hvad hun allerede havde forventet fra øjeblikket, arbejdsopgaven om at tage derud var faldet i hendes hænder. Den dødssyge lå i en beskidt seng, hvor han stirrede tomt mod loftet. Han ville have set helt død ud, hvis det ikke havde været for de klare sammentrækninger, der tegnede sig på hans magre bryst, når han trak vejret - hvilket han gjorde temmelig normalt, det kunne hun se. Selvom hans krop ikke var blottet men tildækket med et tæppe, var bevægelserne i hans svagelige legeme forbavsende tydelige. Ud over den dødsyge i sengen var lokalet tomt - det lignede at det havde været tomt i en menneskealder. Hjemmehjælperen overvejede at spørge om hans soveværelse altid havde været indrettet på denne måde - det virkede så bedrøvende - men hun tog sig selv i det og holdte igen. Han ville jo ikke kunne svare, det vidste hun godt. Hans kræfter rakte ikke til det.

I stedet gav hun sig til at gøre rent, hun hentede en kost, fejede og vaskede derefter gulvet, sengeredningen ville hun vente med. Og alt imens hun arbejdede, hændte der noget ganske besynderligt - vel egentlig ejendommeligt - noget hun ikke i første ombæring bemærkede. I vinduet - det eneste vindue der var i lokalet - satte der sig en ravn, der forventningsfuldt sammenpakkede sine vinger ved sine sider. Da hun så den, standsede hun med sit arbejde; stod i stedet statisk - stod statisk og stirrede på den. Ikke fordi ravne var et sjældent syn i området, hvad de bestemt ikke var, men snarere fordi den faktisk så forventningsfuld ud; hvilket vel var ejendommeligt.

Alt imens hun stirrede, ænsede hun ikke sin dødsyge tjans. Hendes blik var som lænket med jernkæder til dette pudsige væsen. Hvad var det i grunden den lavede? Hvad i alverden skulle det forestille? Ravnen var begyndt at prikke sit næb imod ruden - gentagende, nærmest med rytme. Den prikkede, men prikkede ikke så hårdt at ruden hverken kunne klirre eller vibrere af det. Prikket var kun akkurat så hårdt, at det afgav et sagte "tut", når næbbet ramte. Det var besnærende på en mærkelig og vel egentlig også på en måde, der var hurtigt tiltagende i ubehag. Det var i hvert fald så besnærende, at hun kun halvvejs opdagede, hvad der ellers var under opsejling i lokalet. Den dødsyge trak endnu vejret. Men noget var forandret - vejrtrækningen var hurtigere, den fremlød hæs. Vejrtrækningen var ikke normal længere.

Da det endelig nåede hendes bevidsthed, hvad der var i gang med tage sit udspil i rummet, farede hun hen til den dødsyge. Hun bøjede sig hen over ham, så ham ind i de øjne, der nu ikke længere stirrede tomt frem for sig - de stirrede lige ind i hendes egne, og de stirrede med rædsel.

Frustreret rev og flåede hun i sit hår. Hvad i alverden skulle hun gøre? Hvad end der var ved at ske, så var det ikke hendes opgave, og hun var ikke trænet til det!

Hun tænkte: "Hvad end der var ved at ske" men hun vidste godt, hvad der var på vej, og det skræmte hende, for døden kendte hun ikke. Skønt medlemmer i hendes familie var døde, så havde hun aldrig selv været tilstede, når døden ankom.

I panik lagde hun sit øre til hans brystkasse, mens han forsat hev efter vejret. At lytte til hans hjerterytme lød som en god idé, hun tænkte, at det ville hjælpe - hun kunne bedre danne sig et overblik sådan. Hun vidste bare ikke, hvad et overblik skulle nytte hverken ham eller hende. Bag hans bryst lød hjerterytmen, den var stadig rytmisk, men den hamrede afsted. Efter få øjeblikke strejfede en tanke hende, først var den pudsig - dernæst forfærdende... Hendes krop stivnede, hun så igen imod ravnen - stadigt med øret klinet til mandens bryst. Der var en skræk, der havde tilskrevet sig hendes blik, som hun ikke helt kunne forklare, skønt hun alligevel forstod. Det var skrækindjagende; ravnens tutten på ruden var rytmisk, hjertehamren bag mandens bryst var rytmisk - det var samme rytme, de samme taktslag. For hvert et slag hans hjerte tog, prikkede ravnen igen sit næb mod ruden. Og selvom det stadig kun var en vag tutten, så blev det pludseligt som en øredøvende støj i hendes ører.

Hendes ansigtstræk faldt sammen til en frygtsom mine, mens hjerteslagene satte sin hastighed op - ligeså gjorde ravnen - og derefter sløvede den igen... Igen gjorde ravnen ligeså.

Hun satte sig hurtigt op, så den dødsyge mand i øjnene. Skrækken var der stadig, og den var lige så stærk som hendes egen. Ravnens taktslag blev sløvere og sløvere. Der lød et tut, så en længere tid i stilhed, så et tut efterfulgt af atter stilhed... Og så stoppede det. Skrækken forsvandt fra den dødsyges øjne, og de blev blege, matte som to tomme glaskugler. Han var død. Hun tog en dyb indånding og pludseligt var det som om, at al hendes skræk og rædsel forsvandt. Hun så imod vinduet, men forventede ikke at se noget. Ravnen var allerede fløjet og tilbage var kun én enkelt undrende tanke - hvem havde den mon taget med sig?